AF561484

HENRI DE RÉGNIER

MONSIEUR D'AMERCŒUR

huit contes ornés de bois dessinés et gravés par

DARAGNÈS

chez
GEORGES CRÈS & Cie
116, Boulevard Saint-Germain
PARIS
1918

MONSIEUR D'AMERCOEUR

Exemplaire N° 403

HENRI DE RÉGNIER

huit contes ornés de bois dessinés et gravés par DARAGNÈS

chez
GEORGES CRÈS & Cie
116, Boulevard Saint-Germain
PARIS
1918

PRÉFACE

Il ne fallait rien moins que les belles et subtiles illustrations dont les a ornés Daragnès pour m'amener à relire, dans la Canne de Jaspe, le groupe de contes qui, sous le titre de : Monsieur d'Amercœur, en forment une des parties.

Et encore, ces contes, ce n'est pas dans le recueil édité par la Société du Mercure de France que je suis allé les chercher, c'est au manuscrit même que j'ai préféré confronter le souvenir que j'en avais gardé, souvenir lointain, d'ailleurs, car je ne suis pas de ces auteurs qui se relisent eux-mêmes avec complaisance, et il me faut une occasion pour que je rouvre un de mes ouvrages de jadis ou d'hier. Celui de demain m'attire davantage jusqu'à l'écrire parfois.....

J'ai donc cherché dans ma bibliothèque le manuscrit de Monsieur d'Amercœur. Ses feuillets de papier blanc, déjà jaunis, sont enfermés dans une modeste reliure à la Bradel qui porte inscrite au dos : Les Passe-temps de Monsieur d'Amercœur, titre simplifié lors de la publication, et répété sur la première page avec cette épigraphe tirée des Personnages énigmatiques de Frédéric Bulau : « le docteur lui ayant dit qu'il serait regrettable qu'une vie si riche en faits et en enseignements fût perdue... » En regard de cette épigraphe inutilisée, je relève la mention suivante : De ces contes, les Dîners singuliers ont paru à la Revue Blanche, La mort de M. de Nouâtre et de Mme de Ferlinde, ainsi que Le Voyage à l'île de Cordic et La Maison magnifique furent insérés par la Revue de Paris sous le titre de : Contes pour trois soirs d'automne. Puis le manuscrit offre ses pages d'écritures inégales, mais toutes assez hautes et tracées à l'encre violette. On y trouverait quelques variantes avec le texte imprimé, variantes, peu importantes, celles que produit tout travail sur épreuves un peu attentif.

Il ne m'appartient pas de porter un jugement sur ces contes. Tout ce que je puis dire, c'est que j'ai pour eux une certaine faiblesse. Ils datent presque du temps de ma jeunesse et me rappellent l'époque de mes premiers essais de prosateur. Je m'exerçais alors à composer de courtes histoires avant d'aborder le roman. Par leurs sujets et leur style, ces croquis étaient assez étroitement apparentés aux poëmes que j'écrivais simultanément.

Elles portent l'empreinte du genre d'imaginations où nous nous complaisions en ces année de symbolisme. C'en est le défaut et l'intérêt ; au lecteur d'en apprécier l'un et l'autre, mais qu'il me soit permis de n'être pas trop sévère à ces essais juvéniles. J'en suis assez loin pour que l'on me passe cette partialité.

Tels qu'ils sont, ces contes, ils ont tenté l'artiste subtil, intelligent et compréhensif qu'est Daragnès. Il en a réalisé les images avec une ingénieuse et rare précision. Son illustration est le commentaire plastique et pittoresque le plus juste et le plus évocateur qu'on en puisse faire. Elle en représente les paysages et les figures. Il me semble que je ne les eusse pas indiqués autrement, si ma plume eût été capable de les dessiner jadis aux marges du manuscrit. Heureusement que Daragnès s'est chargé de ce soin. Auteur et lecteurs y gagneront et Monsieur d'Amercœur *aussi s'en trouvera bien.*

Henri DE RÉGNIER.

I

MONSIEUR D'AMERCŒUR

I

MONSIEUR D'AMERCŒUR

JE n'ai point le dessein d'écrire ici la vie de M. d'Amercœur. D'autres travaillent à ce beau projet avec une patience et un soin infinis, et je ne prétends pas les suivre dans les investigations délicates où les mène le désir d'élucider, point par point, une existence, singulière non moins par ses circonstances que par l'attention posthume qu'elle a suscitée.

Il se produit, en effet, parmi ceux qui s'inquiètent des particularités et de la mécanique des événements, une vive curiosité autour de ce personnage. Une enquête est née, poursuivie de plusieurs parts, et l'ingérence de tant de laborieuses recherches ne peut manquer d'éclaicir l'énigme de cette destinée.

Rien ne passe plus vite à l'oubli qu'une gloire comme, de son vivant, la connut M. d'Amercœur. Fort en vue alors, pour ses aventures, tant de guerre que de galanterie, par ses façons d'homme à la mode et ses exploits de hardi partisan, il semblait plutôt voué aux passe-temps des nouvellistes qu'aux veilles des historiographes, et ce ne fut point une petite surprise d'apprendre son intervention occulte aux événements les plus graves et non seulement qu'il y participait mais encore qu'il en conduisit les origines à leurs issues et les intrigues à leurs péripéties.

Cette entrée de M. d'Amercœur dans l'histoire se fait peu à peu et se confirme à mesure que sa présence y tourne à la préséance et qu'il dépossède de leurs faux attributs des figures fameuses qui n'y deviennent plus que des masques apocryphes sous lesquels on distingue, grossi pour ces mimiques où il répugnait, le fin sourire de leur mystérieux instigateur. Le voici donc un homme qui a dirigé son temps. On lui découvre une action secrète, et il semble, après tout, qu'on ait raison de voir en lui un des ressorts de l'époque. Sinon, et au moins, il reste un cas de concordance unique par la façon presque merveilleuse dont les faits de sa vie s'adaptent, comme d'eux-mêmes, au sens et à la portée qu'on leur veut attribuer. Ce ne sont, tout du long que coïncidences singulières. Le probable s'y échafaude au point d'y devenir l'architecture du vrai.

Je ne voudrais pas nuire à une si surprenante modification d'une mémoire qui m'est chère à plus d'un titre. Dès l'enfance j'admirai M. d'Amercœur. Des liens existaient entre sa famille et la mienne et l'état qu'on y faisait de lui me donne le plaisir de voir s'imposer à tous une opinion qui se trouvait en partie celle de mes proches. Ils parlaient souvent de cet homme remarquable, et le récit de ses aventures de toutes sortes, dont on ne se taisait pas devant moi, me ravissait. L'intérêt que j'y pris ne s'effaça jamais de mon souvenir et c'est même à cette tenacité d'une fascination enfantine que je dus plus tard l'honneur de fréquenter le héros de tant de belles histoires.

M. d'Amercœur a vécu dans la plus grande retraite les vingt dernières années de sa vie, assez pour que les gazettes qui relatèrent sa mort le fissent sans commentaires.

Il quitta le pays après l'éclatante disgrâce où il tomba. Il voyagea, l'oubli vint. Il ne laissait de lui, outre le bruit que fit jadis son évasion mystérieuse, qu'un renom superficiel, quelques hauts faits d'amour et de guerre, et le souvenir de certaines bizarreries qui lui gardèrent une célébrité vague d'où partirent plus tard les recherches dont les découvertes successives aboutirent à le porter si haut.

Il se trouva qu'adolescent dans l'intervalle de silence qui précéda la mort de M. d'Amercœur, j'entendis à l'auberge d'une petite ville lointaine prononcer ce nom qui se rattachait pour moi à toute une légende intime. Je m'enquis çà et là, et j'acquis la certitude que cet Amercœur était bien le célèbre marquis dont rêva ma jeunesse. Je cherchai à le voir; il m'accorda l'entrevue demandée et je ne manquai de m'y rendre.

Du bout de la place j'aperçus l'hôtel de M. d'Amercœur. C'était une vaste bâtisse en pierre de liais. Trois des fenêtres, sous un fronton, ouvraient sur un balcon à grille renflée que soutenait de chaque côté de la porte une cariatide en saillie ; les autres croisées closes de persiennes, celles du rez-de-chaussée garnies de barreaux de fer. Le fronton, les pots à feu qui ornaient les combles projetaient sur la façade, l'un, un triangle oblique, les autres des petits tas d'ombre ébréchée. Au milieu de la place déserte une fontaine retombait dans une vasque basse. Un chien qui dormait au soleil happait une mouche au passage. Il en bourdonnait çà et là. Quelques-unes posées sur le mur y semblaient incrustées ; trois s'envolèrent du pied de biche où je sonnai.

La torpeur de la place me fit goûter la fraîcheur du vestibule. Un stuc à arabesques miroitait les murs autour d'un dallage de marbre jaune et vert. Le valet me précéda, en boitant, à travers une salle à manger où le couvert restait encore dressé. Sur une assiette d'argent des pelures de fruits se recroquevillaient. Du vin, au cristal d'un verre taillé, rougissait la nappe d'une ombre sanguine. Une odeur de piment, de sucreries et de tabac s'exhalait.

« M. le Marquis n'est pas là, dit l'homme, en soulevant une portière, je vais l'aller prévenir ; il est à son mail. »

Je me trouvai dans une longue galerie dont les portes-fenêtres ouvraient sur un jardin. D'un rosier qui devait tapisser le dehors quelques roses débordaient. Une, admirable, rouge et pompeuse, collait aux carreaux la chair délicate de ses pétales, une autre, petite et blanche, paraissait délicieusement fanée à travers la nuance verdâtre de la vitre par laquelle on voyait deux parterres de fleurs flanquant un parterre d'eau entourés d'une sorte d'hémicycle de hauts buis taillés. Trois allées d'arbres divergentes y aboutissaient, dont la perspective se reflétait inversement dans trois grandes glaces posées au fond de la pièce sur des consoles dorées et entre des panneaux de boiserie. Çà et là, sur des scabellons se dressaient des bustes antiques. Un meuble de tapisserie adossait aux murs ses tabourets massifs et ses fauteuils monumentaux. Au centre une table supportait un beau vase d'agate veinée auprès d'un étui d'où sortait à demi une paire de lunettes d'or.

Le Marquis est toujours ingambe, m'avait-on dit, malgré ses quatre-vingts ans. Chaque jour, il gagne sa partie de boules. Il la quitta pour me recevoir.

Il venait du bout de l'allée centrale. Sa haute taille marchait courbée sur une canne. Les pans de sa houppelande de soie brochée lui battaient aux jarrets. Arrivé à la porte-fenêtre, au geste qu'il fit pour l'ouvrir, scintillèrent à ses doigts les pierres de ses bagues. Ilme regardait sans me voir à cause du miroitement des vitres où heurta la pomme d'or de sa canne qu'il tenait sous son bras.

En entrant, le feutre qui le coiffait, jeté sur un meuble, découvrit une tête petite à ras cheveux blancs. Le visage olivâtre s'éclairait d'yeux d'un bleu très clair. Les mains vivaient, préhensives, et non gourdes et décharnées, détendues de lassitude ou rétractées d'acharnement comme souvent celles de la vieillesse.

A mon nom le Marquis m'accueillit : « Soyez le bienvenu, dit-il, j'ai beaucoup connu vos grands-oncles l'Amiral et l'Ambassadeur. »

En disant cela, il prit sur la table dans le vase d'agate, une mince pipe qu'il alluma après l'avoir bourrée et se mit à marcher d'un pas allègre, s'arrêtant parfois devant moi resté aussi debout. Les bouffées de fumée coupaient ses phrases, au passage.

« Je vois encore l'Amiral, me disait-il ; lui et son frère ne se ressemblaient, ni en stature, ni en corpulence. La sienne étonnait. J'ai servi sous eux, et s'il y a quelque honneur à l'avoir fait c'est que leurs entreprises voulaient pour qu'on les y suivît de la hardiesse et de l'entente. S'ils se ménageaient peu, ils ne ménageaient rien. Leur escadre et leur chancellerie furent un dur métier; j'ai subi l'une et l'autre et la discipline du marin égalait l'exigence du diplomate.

« Oui, je revois votre oncle avec son habit vert et ses bas cramoisis, debout sur son tillac; son vaisseau laissait à sa suite une odeur de poudre et de cuisine. Le gabier et le marmiton s'y coudoyaient. La succulence des repas y valait la furie des abordages. Le trident de Neptune s'y mêlait en trophée à la fourchette de Comus.

« Et l'autre, avec sa mine de prêtre et de vieille femme proprette. Tous les moyens lui semblaient bons. Il s'appropriait tous les engins. N'a-t-il pas mené avec lui trois ventriloques pour imiter parfaitement sa voix dans les entrevues qu'il voulait pouvoir désavouer et où une sorte de mime contrefaisait son personnage? Sa garde-robe cachait les défroques de toutes les mascarades; sa pharmacie contenait des fards et des poisons; il utilisait l'adresse des sbires, l'agilité des acrobates et le sourire des femmes.

« Je les ai retrouvés une dernière fois, fort vieux l'un et l'autre, qui, dans une petite ville, qui, dans une campagne retirée. L'Amiral était goutteux et l'Ambassadeur était sourd. L'un, s'adonnait à collectionner des coquilles, l'autre, à cultiver des tulipes. Ils en avaient de toutes sortes et fort belles, et chaque année, ils s'envoyaient quelque coquille ressemblant à une tulipe ou quelque tulipe pareille à une coquille et ainsi jusqu'à ce qu'ils mourussent tous deux sans avoir quitté leurs vitrines ou leurs plates-bandes pour joindre une dernière fois leurs mains qui manièrent si rudement et si finement les hommes, et dont le dernier geste fut d'étiqueter une conque et de numéroter un oignon. »

« Oui, répondis-je, ce furent de singulières figures et ce qu'on sait d'eux donne à regretter qu'ils n'aient pas écrit quelque part ce qu'ils en savaient. Que ne racontèrent-ils le détail de leurs manœuvres ou le jeu de leurs menées ? »

Le Marquis avait reposé sur la table sa pipe éteinte qui versa sur le marbre la cendre de sa petite urne noire.

« Fi donc ! s'écria-t-il, en rougissant presque de colère, écrire sa vie, se substituer au hasard qui, des destinées, rassemble dans la mémoire des hommes ce qu'il faut pour en façonner l'empreinte d'une médaille ou le relief d'un sarcophage ! Certains eurent ce travers et cette impudence prétentieuse.

« Ecrire sa vie, retrouver l'ordre de nos statures, les motifs de nos actes, la place de nos sentiments, la structure de nos pensées, reconstituer l'architecture de notre Ombre ! Mais rien ne vaut que par la perspective où le hasard dispose les fragments où nous survivons. Le Destin s'enveloppe de circonstances qu'il s'approprie. Il y a un choix mystérieux entre le caduc et le durable de nous-mêmes.

« Des maladresses et des gaucheries préparent souvent des actions parfaites. Le foudroyant coup d'épée qui touche et perce nécessite peut-être une torsion disgracieuse des muscles. Une main crispée à la poignée dirige l'éclair de la lame. Tout est perspective et épisodes. Une statue, de maints gestes intermédiaires, n'en fixe que le décisif.

« Quel souvenir médiocre vous garderiez de moi, si vous saviez tout de moi-même ! Vous vous étonneriez moins de me voir, vieux et seul dans cette maison, moi, Polydore d'Amercœur, qui ai fréquenté le lit des princesses et la cour des rois, qui ai porté l'épée et le masque, si je vous disais pourquoi m'y voici. Je détruirais une disparate nécessaire.

« On a su mes cinq années de réclusion dans une prison solitaire et chacun ignore encore pourquoi j'y suis entré et comment j'en suis sorti. Ma disgrâce reste un mystère et ma fuite un miracle. Les accessoires du fait n'existent pas. Les archives ne conservent aucune pièce de mon jugement et on n'a rien retrouvé des outils de mon évasion.

« Tout homme à s'expliquer se diminue. On se doit son propre secret. Toute belle vie se compose d'heures isolées. Tout diamant est solitaire et ses facettes ne coïncident à rien d'autre qu'à l'éclat qu'elles irradient.

« On peut, pour soi, et encore, avoir vécu chacun de ses jours ; aux autres il faut apparaître intermittent. Sa vie ne se raconte pas et il faut laisser à chacun le soin de se l'imaginer. »

Le Marquis allait et venait par la pièce. Le bout de sa canne sonnait sur le parquet. Un rayon de soleil scintilla aux bagues de ses doigts. Je le regardais marcher. Sa longue houppelande frôlait l'angle de la table et y éparpillait la cendre grise versée par la pipe, et je pensais à sa vie singulière d'alternatives et de conjonctures, de bals et de batailles, de duels et d'amours, pleine de sursauts et de saillies et dont il gardait, au fond de lui, à jamais, les rumeurs et les échos.

Telle fut ma première entrevue avec M. d'Amercœur. Les propos qu'il me tint sont bien ceux-là. Depuis on a reconstitué la trame de cette vie dont le célèbre marquis faisait mystère. La silhouette devint statue. Les quelques anecdotes rapportées ici tiennent à l'époque de sa jeunesse; M. d'Amercœur en parlait volontiers et il se départit devant moi, peu à peu, de sa réserve. Ma prudence ne se hasarda jamais à inquiéter la sienne. Je l'écoutais sans l'interroger. Cette discrétion me valut sa confiance et il la poussa jusqu'à me laisser copier une longue lettre où il était question de lui et qui relatait un épisode de son adolescence qui lui plaisait et m'avait diverti. Le lecteur la trouvera parmi ces histoires. Sauf cet écrit, les autres souvenirs me viennent de nos causeries où je les entendis conter par l'illustre conteur. Je n'y prétends à rien de plus qu'à reproduire assez exactement le tour qu'il leur donna soit en en relatant la matière, soit en plaçant le récit dans sa propre bouche. Peut-être ces brèves histoires dont les circonstances me parurent curieuses serviront-elles, à mon insu, à combler quelque lacune dans l'étude qui se fait de tout ce qui a trait à notre personnage. Je ne le crois pas, pourtant, et j'aimerais mieux voir là des fables ingénieuses où se jouait l'esprit d'un vieillard à y disposer sa vie passée en perspectives ornementales. Les événements qu'il rapporte et les faits qu'il s'attribue présentent un curieux mélange de fiction et de vérité. L'un et l'autre s'y sentent et leur assemblage n'est pas sans art. J'ai goûté l'agrément de ces aventures, d'autres leur donneront peut-être un sens et une portée, mais je préfère en entendre l'accent et en imaginer l'allégorie qui serait assez celle d'un homme masqué jouant de la flûte, au crépuscule, sous l'arcade d'un bosquet de houx et de roses.

II

AVENTURE
MARINE ET AMOUREUSE

II

AVENTURE MARINE ET AMOUREUSE

Mon enfance turbulente fit vite place à une jeunesse difficile, mais on avait pardonné à l'une ce qui de l'autre me valut d'être, à dix-sept ans, embarqué sur le *Sans-Pareil* qui portait le pavillon de votre oncle l'Amiral. L'escadre était en partance quand mon père m'amena au port. De l'auberge je le suivis à travers les rues où il se retournait parfois pour voir si je ne m'esquivais pas, car il redoutait quelque escapade et l'occasion ainsi manquée de se défaire de moi.

Les quais regorgeaient. Des portefaix, courbant la nuque sous le poids des caisses, passaient en bousculant la foule. On se sentait heurté et coudoyé. La sueur coulait des fronts hâlés et la salive fusait du coin des lippes. La corpulence des tonneaux bombait sur les dalles de pierre où s'affaissait l'obésité des sacs. On enjambait des chaînes pour s'entraver à des câbles. Les longues planches qui rejoignaient les navires à la terre ployaient, flexibles en leur milieu, sous le pas des porteurs. Les vaisseaux remplissaient la darse. Çà et là, dans l'entre-croisement des vergues, une voile hissée se gonflait, et les mâts, sur le bleu du ciel, oscillaient imperceptiblement. Il y avait là une assemblée de navires de toutes sortes, peints de rouge, de vert et de noir, luisants de vernis ou ternes d'usure. Les coques ventrues frôlaient les flancs étiques. Les uns se boursouflaient en outres, les autres s'amincissaient en fuseaux ; aux proues, se profilaient des figures, grimaçaient des masques ou se façonnaient des emblèmes. On voyait, taillés dans le bois, la face d'une déesse, le visage d'une sainte ou la gueule d'une bête. Des bouches y souriaient à des groins, le tout, barbare, naïf ou saugrenu. Des cales exhalaient l'odeur des denrées et le parfum des épices ; les cargaisons mêlaient l'aigreur des saumures et l'arome du goudron.

Une petite barque nous prit, mon père, moi et mon bagage, pour nous conduire vers l'escadre à l'ancre dans l'avant-port. Nous nous faufilions à travers l'inextricable encombrement des bassins ; les rames en cadence relevaient tantôt une algue, tantôt une épluchure. L'eau saumâtre croupissait frelatée d'immondices, se marbrait des plaques huileuses, s'engluait de viscosités. Peu à peu la route devint plus facile ; les obstacles s'espacèrent; nous contournâmes quelques gros bâtiments à panses rebondies. Accroupis, ils bavaient des filets d'eau sale du mufle de leurs proues ; les fumées des cuisines montaient en spirales autour des mâts ; un mousse, juché dans les agrés, nous jeta au passage une pomme pourrie ; je la ramassai et je vis dans la purulence du fruit la trace des dents dont le drôle nous riait à califourchon sur une vergue.

La barque commença à se balancer légèrement et, le môle doublé, nous aperçumes l'escadre ; elle était réunie là, haute sur la mer bleue. Quatre vaisseaux et un plus grand à l'écart. Nous nous dirigions vers le *Sans-Pareil*. Le pavillon armorié battait à la corne du grand mât. Les gueules des canons luisaient aux sabords. La mâture dessinait une ombre fine sur l'eau unie ; une cloche sonna.

Les rameurs se hâtaient courbés sur leurs avirons; un peu d'écume me jaillit aux mains. On accosta et par une échelle de corde nous grimpâmes à bord. Il était temps. Les ancres remontèrent au cabestan viré; on appareillait. Je restai seul; mon père s'empressa d'aller parler à l'amiral. Le départ coupa court à nos adieux. Les sifflets se croisaient; les commandements grondèrent aux porte-voix. Les voiles tendues s'enflèrent. Mon père avait regagné l'embarcation. Nous nous saluâmes ; nous ne nous sommes jamais revus.

Une altercation brutale, ma sortie dans un claquement de porte, une journée de colère à errer par la campagne, l'aspérité des paysages qui avoisinaient le château, le grand vent de cet été de brûlure, la promptitude d'un caractère hautain, la lubie d'un orgueil intraitable, tout fit de moi, avec l'insulte paternelle dont je ressassais l'ineptie, l'énergumène furibond qui, les poches pleines de cailloux, la tête perdue et les mains enragées, le soir, avait cassé à coups de pierres, méthodiquement et furieusement, les vitres basses à la façade du château, tellement qu'un éclat atteignit au front le sommelier et brisa la coupe que mon père lui tendait, à table, d'où les femmes se levèrent épouvantées et s'enfuirent.

Les jardiniers me trouvèrent le lendemain couché dans un massif, cuvant l'ivresse de ma frasque.

Ces braves gens vieillis à notre service furent peu surpris de cet excès. Il y virent sans doute la suite de mes méfaits précoces, volières ouvertes, parterres piétinés, clôtures rompues et, une fois, les plus belles roses du jardin coupées sauvagement et éparses dans les allées.

J'avais sept ans à cette incartade. On me retira des mains des femmes et les précepteurs se succédèrent, de mois en mois, en défilé intermittent. J'y revois d'étranges figures. Il en vint des gras et des maigres, ventres rebondis et échines plates, tournures ecclésiastiques ou doctes maintiens, faces usées de vieux diacres et visages creux de jeunes laïcs, les uns puant la sacristie, les autres sentant la bibliothèque. Il m'en resta le souvenir qu'on attentait à ma liberté et de tous, quelque latin, peu de grec, nulle mathématique, des bribes d'histoire et, de l'un d'entre eux, que j'aimais assez et qui finit poète quelque part, de précises notions de mythologie, avec la connaissance des dieux, de leurs attributs et de leurs amours.

Les miennes commencèrent tôt. Les mansardes et les granges en abritèrent les entreprises. La paillasse des chambrières et la botte de foin des pastourelles se prêtèrent à mes premiers ébats. Je connus la sonnette d'appel interrompant le jeu et l'aboi du chien déconcertant la posture. J'ai manié des tailles ancillaires et pressé des seins rustiques. La mignardise des caméristes varia la naïveté des bergères. Au jargon des unes et au patois des autres je préférai bientôt les filles de la ville voisine. C'est de l'une d'elles et de l'esclandre d'une orgie un peu trop bruyante, d'où vint, à la suite d'une réprimande intempestive, l'altercation dont je pouvais, à mon aise, ruminer les conséquences, à bord du *Sans-Pareil* et dans le vent frais qui, avec la houle, se levait de la haute mer.

Le *Sans-Pareil* portait à sa proue, sculptée, une figure marine, ailée et écailleuse, peinte en or, et, à la poupe, soutenant chacun d'une main une lanterne à feux tournants, quatre génies qui soufflaient en des conques torses l'enflure de leurs bouches dorées.

Les oiseaux de couleur des eaux orientales et les grèbes blancs des mers glacées tournèrent autour de nos fanaux errants. La tête marine se mira en des ondes unies ou s'éclaboussa aux flots tumultueux. Le soleil tropical craquela sa dorure racornie et les lunes des nuits polaires argentèrent son sourire gelé. Elle vit de ses yeux fixes la courbe des golfes et l'angle des caps; ses oreilles entendirent l'harmonie nonchalante des vagues aux plages de sable et le déferlement des lames aux promontoires de rocs.

Maints peuples étrangers montèrent à bord. Nous reçûmes, avec leurs vêtements de cuirs huileux, des hommes barbus. Ils nous apportaient sans rien dire des cornes de rennes, des dents de phoques et des peaux d'ours; des nains jaunes et cérémonieux nous présentèrent des cocons de soie, des ivoires à jour, des laques et, taillés dans un jade, pareil à du frai de grenouille, des insectes et des magots; des nègres nous offrirent des plumes légères saupoudrées d'or et, d'une île isolée, nous vîmes venir à nous des femmes au teint verdâtre qui dansèrent en jonglant avec des éponges rouges.

Pendant quatre années, j'ai parcouru ainsi toutes les mers. L'ancre mordit au corail des madrépores et au granit des récifs. Le vent qui gonfla nos voiles avait l'odeur du soleil ou de la neige. Nous fîmes aiguade à toutes côtes. L'eau saumâtre des marécages, l'eau claire des sources pierreuses, laissèrent tour à tour au fond des outres leur boue ou leur sablon.

J'ai visité bien des ports: ceux qui grouillent sous le soleil, ceux qui s'enlizent sous la pluie, ceux qui s'endorment dans les glaces, qui contiennent de grands navires, protègent des barques peintes ou n'abritent que quelques pirogues d'écorce. Des villes nous apparurent à l'aurore, au soir, magnifiques ou lamentables, étageant les rangées de leurs palais ou accroupissant le ramassis de leurs cabanes, celles où on entend, la nuit, le bruit des musiques ou, au crépuscule, la voix d'un pêcheur qui tire ses filets.

Nous saluâmes des doges en des demeures de marbre et des obis en des huttes de glaise. En des bouges sordides nous nous assouvîmes sur des esclaves nues ; en des chambres luxueuses nous courtisâmes des femmes parées. Torches fumeuses et candélabres clairs luirent sur nos sommeils.

J'ai connu ainsi toutes les mers. Nous fîmes

escorte à des princes et convoi à des marchands. Parfois nos sabords hurlèrent. La fumée du soufre plana, déchirée d'éclairs d'or. J'ai ressenti le tressaillement des bordées et la secousse des boulets s'enfonçant dans la carène. Les voiles rompues pendirent aux mâts brisés. J'ai vu sombrer des navires. Le brûlot des pirates valait le grappin des corsaires.

La mer est plus terrible encore que ceux qui l'ensanglantent. J'ai vu toutes ses faces, son visage d'enfance des matins, sa figure ruisselante de l'or des midis, son masque méduséen du soir et ses aspects informes de la nuit. A la sournoiserie des bonaces succédait la véhémence des tempêtes. Un dieu habite l'eau changeante ; il se lève parfois, empoignant la crinière des lames et la chevelure des algues; dans un râle de vent et une rumeur de houles, il se façonne d'écume et d'embrun ; ses mains mystérieuses crispent des griffes ; et, debout, avec son torse de trombe, son manteau de brume, son visage de nuées et ses yeux d'éclairs, il dresse son prestige de flot et de bourrasque et innombrable, écroulé dans l'aboi monstrueux des vagues, hué de gueules et lacéré d'ongles, succombe au fracas de sa chute, et renaît de la bave de sa propre fureur.

La mer était uniformément douce et unie quand nous arrivâmes dans les parages de l'île de Lérente. Nous venions de fort loin, d'une longue croisière sur des eaux brumeuses. Les glaçons se fondirent à notre entrée dans ces régions tièdes ; au ciel éclairci peu à peu le soleil reparut. Le pavillon cramoisi ondulait à la brise ; la figure de proue se mirait au miroir continuellement brisé devant elle par la rapidité de la course qui en éparpillait le cristal et, un jour, au soleil couchant, la vigie cria : Terre ! La côte apparut un instant, dans une gloire verte et rose, mais, avec le crépuscule, un moite brouillard, enveloppa le vaisseau et couvrit toute la mer autour de nous. Nous naviguions lentement sur une eau violette dans l'humide douceur de ces tissus d'air, transparents et fripés.

Le pilote gouvernait avec circonspection. L'atterrissage était dangereux, le point célèbre par ses naufrages. Une vague superstition entourait l'île fameuse et charmante, divine et jadis sirénéenne.

Subitement, voiles carguées, le *Sans-Pareil* courut sur son erre et s'arrêta : l'ancre mordit ; le fin brouillard arachnéen s'attacha aux mâts, pendit en draperies.

On se trouvait fort près de l'île invisible. Peu à peu, une odeur exquise d'arbres et de fleurs se répandit.

L'ordre que chacun restât à bord vint couper court à notre curiosité. Nul ne devait, cette nuit, aller à terre. Les bruits de l'île nous venaient lointains et comme subtilisés par la brume.

Mes compagnons se retirèrent l'un après l'autre. Tout s'éteignit. Je m'accoudai sur le bordage écoutant l'oscillation imperceptible des mâts et le pas d'une sentinelle, et je restai l'oreille tendue vers l'ombre. Plus tard il me sembla entendre de la musique. Elle chantait délicieusement, là-bas, d'une façon intermittente comme insinuée par les pores du brouillard. Cela sourdait de la nuit spongieuse et je finis par y distinguer un concert de flûtes.

Ma résolution fut vite prise. Le pilote me renseigna. Le navire se trouvait à l'ancre au centre d'une baie sablonneuse à cinq cents toises de la côte. Je descendis à ma cabine; j'attachai à mon col une petite boussole et je me coulai à l'avant du navire sur la figure de proue. Vite deshabillé je m'orientai une dernière fois et, par une corde déroulée, je me laissai glisser dans la mer, silencieusement.

L'eau était tiède et doucereuse et je nageais sans bruit. Bientôt le vaisseau disparut à mes yeux. L'onde murmurait à mes oreilles; parfois je me mettais sur le dos pour vérifier ma direction. Bientôt j'entendis la rumeur de la vague sur la plage. Le brouillard s'éclaircit et devint une vapeur transparente. Je pris pied. Des algues flottantes frôlèrent mes jambes nues. L'odeur des fleurs riveraines se mêla à l'arome des plantes marines. Un petit bois formait une masse noire. Il venait jusqu'à la mer d'où montait la blancheur d'une terrasse de marbre. Un escalier en descendait. Les marches s'égouttaient doucement. Une statue de femme se dressait de chaque côté; le reflux en découvrant leurs reins faisait d'elles deux sirènes. Les écailles polies de leurs queues mouillèrent mes mains. Je m'approchai de l'une et de l'autre et, me haussant, je les baisai chacune aux lèvres. Leurs bouches étaient fraîches et salées. Je gravis les degrés. Au haut je m'arrêtai. Une étoile luisait au-dessus des arbres; de grandes allées s'ouvraient dans leur épaisseur. Je suivis celle du milieu, elle aboutissait à un rond-point bordé d'arcades de buis sous lesquelles retombaient des fontaines jaillissantes.

Au centre, dans une grande conque nacrée, une femme dormait. L'eau qui, derrière elle, coulait d'une haute rocaille emperlait ses joues et ses seins. Elle reposait, un bras sous la tête, allongée dans la coquille propice à son sommeil marin. Il faisait là une demi-clarté nocturne où miroitait sa longue robe glauque. Elle souriait en dormant. Son sourire s'éveilla sous mon baiser. La conque onduleuse fut douce à nos corps unis. Je la pris; un soupir gonfla sa gorge, ses cheveux se dénouèrent et, silencieusement, dans l'ombre transparente et parfumée, au murmure des fontaines, à l'improviste et longuement, nous possédâmes, elle, peut-être l'image nue de son rêve, et moi la déesse mystérieuse de l'île embaumée.

★

« Qui es-tu, me dit-elle tout bas, en rattachant sa chevelure dont le bout humide se collait à son sein ému, qui es-tu donc, qui viens mystérieusement ainsi dans les jardins clos éveiller les dormeuses nonchalantes ? D'où es-tu venu ? Tes lèvres ont le goût salé de la mer et ton corps a la nudité divine. Pourquoi choisis-tu l'ombre pour apparaître ? Les dieux marins sont depuis longtemps les maîtres de l'île, parcours donc tes domaines. J'ai construit cette retraite à la gloire de l'Amour et de la Mer. De ma terrasse, on la voit toute. Les hautes marées mêlent leurs flocons d'écume au duvet des colombes de mes arbres. Le vent semble déferler dans les cimes harmonieuses. On dirait que les flots rauques et chatoyants roucoulent.

J'ai paré mes jardins de coquillages et de fontaines et j'ai dressé sur les marches de mon seuil les statues des Sirènes qui, jadis, habitèrent ces lieux. Sont-ce elles qui t'envoient à moi leur sœur, terrestre, hélas ? mais la houle de mes seins se rythme au mouvement des flots, les ondes de mes cheveux imitent l'ondulation des algues, mes ongles semblent des coquilles roses. Je suis suave et salée et cette robe glauque est si limpide que j'y apparais comme à travers de l'eau qui me coule continuellement sur le corps. » Elle souriait en parlant ainsi, puis elle se tut et mit un doigt sur ses lèvres.

Au même instant des flûtes chantèrent dans les bosquets illuminés; des lanternes s'allumèrent aux arbres; on entendit des pas et des rires.

Nous nous étions levés tous deux; quelque chose me traînait à la cheville et je ramassai une longue algue que j'enroulai en ceinture à mes reins. Le bout de l'allée s'éclaira. Des porteurs de torches précédaient en gambadant un cortège d'hommes et de femmes richement costumés. La soie des dominos se gonflait au battement des éventails. La mascarade se répandit par les jardins. Les torches se reflétaient aux fontaines, les jets d'eau scintillèrent de pierreries vaporisées. Tout le bois vibrait de musiques. La belle nymphe avait mit sa main sur mon épaule et, l'autre tendue vers la foule bizarre qui nous entoura, elle cria d'une voix claire : « Faites honneur au Dieu, notre hôte; Il est venu par l'escalier de la Mer, vers la pieuse courtisane Sinera de Lérente qui dormait; il a baisé aux lèvres les Sirènes de la porte marine et sa bouche m'a dit son nom tout bas. Il est notre hôte. » Et tous deux, enlacés, précédant les musiciens et l'assemblée qui nous acclamait, nous allions, par l'allée où chantaient les fontaines et les flûtes, vers le palais, éblouissant comme une magique grotte sous-marine, où déferlait sur les tables somptueuses l'écume des argenteries et où scintillaient au plafond les stalactites des lustres de cristal; nous allions et nu, grave et joyeux, je portai à mes lèvres, après qu'elle y eut trempé les siennes, la belle coupe d'or digne de l'Amour et qui avait la forme d'un sein.

III

LA LETTRE DE M. DE SIMANDRE

III

LA LETTRE DE M. DE SIMANDRE

Je profite pour vous écrire, mon cher cousin, du congé d'un de mes hommes qui s'en va vers votre pays et je prends en même temps la liberté de vous recommander le drôle. C'est un gaillard; vous pourrez sans doute l'utiliser. Il se montre en toute conjoncture d'une ressource et d'une discipline admirables et j'aimerais en ceci que votre fils lui ressemblât, car c'est votre Polydore qui sera le sujet de ma lettre, ma santé restant bonne et mon âge me préservant des aventures où le sien ne le hasarde que trop.

Donc je ne vous parlerai pas de moi. Vous me savez d'un bout à l'autre, de la garde à la pointe, de la riposte à la parade. Je suis le même et je ne m'apercevrais guère des années si la différence entre les hommes de notre temps et les garçons d'aujourd'hui ne me faisait sentir ce qui nous sépare. Nos jeunesses ne ressemblèrent pas à la leur et notre vieillesse s'en trouve plus loin d'eux.

Polydore m'avertit de son arrivée et de son intention de parvenir ici par eau à cause de la douceur du chemin et de la beauté des rives. La lenteur des barques lui plaisait plus, disait-il, que la hâte des postes ; le bruit des rames lui paraissait plus harmonieux que le galop des limonniers. Ce fut du moins ce que je démêlai de son billet alambiqué et laconique qui m'incommoda du parfum de ses cires et m'étourdit du galimatias de son amphigouri en même temps que les entrelacs prétentieux de l'écriture m'exaspérèrent.

J'ôtai mes lunettes et les reposai sur ma table. J'allumai ma pipe et, en attendant que ce godelureau eût descendu le fleuve et abordât au port de Pontbourg, je me remis à fumer en regardant le ciel à travers les vitres de ma fenêtre, tout en caressant mon chien et en laissant aller la journée.

Vous connaîtriez ce coin de ciel, mon chien Diogène et le lieu où j'habite, mon cher cousin, si vous vous étiez décidé jamais à ce qu'entreprit Polydore, mais le séjour de ma capitainerie et du vieux château où je représente l'autorité du Prince dont vous conseillez les fantaisies n'a rien pour tenter un intrigant comme vous. Vous êtes en posture de cour et ne risqueriez pas de perdre l'aubaine de quelque occasion en venant visiter dans son repaire un vieux doyen de ma façon. D'ailleurs vous n'êtes pas beaucoup plus jeune que moi, mais on vous dit plus ingambe car la révérence, la pirouette et le pied de grue écloppent moins que les grand' gardes, les sièges et les embuscades qui font que je suis revenu alors que vous allez toujours, pimpant et guilleret, puisant votre tabac dans la boîte diamantée des cours, tandis que je tire le mien du pot de grès des corps de garde, et vous lirez avec un binocle d'écaille ce que je vous écris à l'aide de mes besicles de corne.

Quoique un peu longue, cher cousin, ma vue reste bonne et j'aime voir ce que je puis contempler chaque jour. Les objets qui m'entourent me sont familiers. Je connais mes lieutenants, et, par son nom, chacun de mes soldats. Je distingue chaque sentinelle à la façon dont elle heurte la crosse de son fusil sur la vieille pierre du rempart. Ma fenêtre donne sur une charmille en quinconces où je me promène; puis, accoudé au parapet, je vois la muraille à pic; à droite et à gauche, de grosses tours la renflent de leur maçonnerie corpulente. Elles soutiennent la vaste terrasse fortifiée où repose le château, à la fois galant et militaire, parmi des arbres et quelques fleurs. C'est vraiment un beau lieu. De là, on domine toute la ville, avec ses maisons, ses rues creuses, ses places étalées, ses clochers anguleux puis son quai le long du fleuve qu'un pont traverse.

J'y regardais passer des fourriers revenant de corvée avec de grosses bottes de foin; ils riaient, quelques-uns mâchonnaient la tige d'une fleur, un jour, vers quatre heures, quand on vint m'avertir d'une arrivée de barques.

Elles étaient au détour du fleuve derrière la grande île des peupliers. Je descendis au port pour les voir aborder. Elles approchaient peu à peu, naviguant entre les sables par les passes balisées. On en distinguait quatre à la suite. Toutes portaient des voiles blanches carguées; les coques peintes de belles couleurs. On ne ramait plus; des bateliers les menaient à la perche. Enfin elles accostèrent; on les amarra au quai et on jeta les passerelles.

Polydore se leva des coussins où il était étendu à l'avant du bateau. Un tendelet l'abritait; la tenture de soie s'étalait au haut de quatre hampes d'argent, il en soulevait le pan, d'une main chargée de bagues. Sa mise m'étonna; il portait un ample habit bariolé et à sa boutonnière jacassait une de ces tulipes bigarrées dites perroquets. Le bateau, d'ailleurs, était aussi une volière. Je sautai sur le pont un peu brusquement peut-être car les cages pleines d'oiseaux curieux s'effarouchèrent avec un bruit d'ailes et de cris en même temps que je heurtai du bout de ma botte le ventre d'une mandoline qui traînait là. Des piles de livres où je m'empêtrai sombrèrent à l'eau et y enfoncèrent du poids de leurs reliures. Bleuâtres, mordorés, verdis ou pourpres de leurs maroquins lisses ou de leurs peaux imbriquées, ils semblaient, à travers l'eau où ils disparaissaient, devenir de changeants poissons, murènes glauques ou cyprins orangés. Pour

achever le désordre, un petit singe, sur la queue duquel je marchai, grimpa en criant dans les cordages du mât et se tint au sommet, assis sur son derrière et clignant ses yeux en sa face glabre.

Polydore feignit de ne s'apercevoir de rien, me fit asseoir; il se montra plus cérémonieux qu'expansif mais d'une minutieuse politesse. Il m'invita à dîner.

Les barques étaient amarrées à la file et on passait aisément de l'une à l'autre. Une table servie nous attendait dans la seconde. Le soir fut doux et beau, la chère excellente. Le petit singe descendu de son mât gambadait autour de nous en jonglant avec des boules de verre qui se brisaient en répandant des senteurs odorantes.

A la fin du repas, mis en belle humeur, j'insinuai à Polydore que je ne doutais pas que la troisième barque ne contînt jalousement quelque belle dame dont il fût amoureux. Il sourit et, me prenant par la main, me pria de le suivre. Cette barque était aménagée en boudoirs et en salons de repos. De précieuses soies les tendaient; des lustres de cristal ou de cuivre se balançaient imperceptiblement à la douce inflexion de la rivière; au milieu se trouvait une rotonde de miroirs.

A mes offres de loger au château, Polydore préféra le séjour de ses barques. La quatrième où je le laissai contenait des chambres commodes. Je lui souhaitai bon sommeil et me retirai.

Quelques jours après il vint me voir. Il portait un livre sous le bras et un parasol pour se garantir du soleil. Je lui fis visiter le château. Il s'intéressa vivement aux mousses qui couvraient les vieilles pierres. Il me parut pâle et je lui reprochai la mollesse de sa vie. Mes officiers, bons garçons et francs vivants, l'eussent distrait de sa solitude. Il refusa : Non, Monsieur, me dit-il, je préfère ma demeure flottante. La rivière est douce au sommeil : elle berce à peine; on ne l'entend pas plus couler que la vie, et on se sent porté par elle sans qu'elle vous emporte dans sa fuite. J'aime ma solitude sédentaire ; j'aime l'ombre aiguë et charmante que fait sur l'eau, vers le soir, votre château. A travers la grande arche du pont je vois les peupliers de l'île; on est assez près de la mer pour que quelques mouettes remontent jusqu'ici, j'aime leur vol; celui des hirondelles me distrait aussi; les chauves-souris se croisent, et mon petit singe les guette le soir. Elles sont

aux oiseaux ce qu'il est à l'homme, suspect et apparenté.

Comme je vis que Polydore tenait à ses manies, je cessai de les combattre et, sans plus m'occuper de lui, retournai à mes affaires.

Je me disposais à partir pour une tournée dans la région. Au matin dit, avec mon escorte, je traversai le pont et je vis Polydore qui me saluait de sa barque. Il venait de se baigner au fleuve et se tenait encore ruisselant d'eau. Nu, il n'était pas comme je l'aurais cru, maigre ou débile. Le soleil faisait briller les gouttes sur sa peau blanche et il apparaissait, en plein matin, svelte, nerveux, de chair ferme et de muscles sournois. Je lui rendis son salut; il plongea et l'eau rejaillit autour de sa chute.

A mon retour je fus stupéfait de la rumeur qui m'accueillit. Polydore venait de tuer deux hommes en duel et menait par tout le pays une vie effrénée et inattendue. La ville et les alentours en bourdonnaient, leur tranquillité ordinaire se sentait comme ensorcelée. Un siècle de rigorisme fondait sa décence comme une cire sur l'autel du diable. Un vent de folie soufflait; les graves repas d'autrefois se changeaient en orgie; les sages quadrilles finissaient en sarabandes; les intrigues de jadis se poussaient au scandale.

Polydore, imperturbable, menait ce vertige, le sourire aux lèvres, une rose à la boutonnière. La contagion gagna les campagnes. Un à un, les châteaux, calmes au bout de leurs allées d'arbres, engourdis parmi leurs pièces d'eau, corrects au fond de leurs parcs, s'illuminèrent. Les salles de danse se rouvrirent. Les girandoles s'enguirlandèrent. Le carrosse de fête et la berline de voyage se croisèrent sur les routes pour l'apparat ou l'enlèvement. On bâtissait. L'échelle du maçon appliquée au mur favorisait l'escalade du galant : il y eut des mascarades.

Un matin, les barques où les élégants venaient chaque jour prendre de Polydore l'ordre de la journée, restèrent muettes. Les passerelles ne s'abaissèrent pas; le petit singe ne monta pas grimacer au haut du mât. Tout semblait dormir. A midi personne n'avait paru. On commença à s'inquiéter. Ces beaux messieurs causaient entre eux avec animation. L'absence de Polydore les étonnait moins que la désertion des domestiques. A la fin on prit le parti de visiter les barques. Consulté, j'en donnai l'ordre. La première était vide; aux volières, pas un oiseau; les cordes de la mandoline, cassées, un livre ouvert à une page arrachée. Dans la salle à manger un verre renversé rougissait la nappe. — On arriva aux salons. Portes closes. On les enfonça. Chacun se pressa pour voir. Nous entrâmes. Personne. Mais dans le grand boudoir en rotonde, où leur colère avait brisé tous les miroirs, on trouva, seules, les cheveux épars, accroupies ou couchées, nues, les neuf plus belles dames de la ville, qui, chacune, avaient cru sans doute y venir en secret et s'y trouvaient réunies par le caprice singulier de leur unique, multiple et alternatif Amant.

IV

LES DINERS SINGULIERS

IV

LES DINERS SINGULIERS

C'ÉTAIENT de curieux dîners que donnait, chaque semaine, la princesse de Termiane.

Une haute grille fermait de ses lances d'or l'entrée de l'altière demeure. On voyait au loin, du fond de l'avenue qui y menait, la robuste ferronnerie crisper sa défense ornementale et dresser l'arrogance de son portail. Des fleurs forgées enguirlandaient les montants et s'épanouissaient au fronton, d'où, comme un double fruit de cristal et de bronze, deux vastes lanternes se gonflaient, chacune au bout de sa chaîne.

A cette grille s'arrêtaient les voitures des

visiteurs. Là, il fallait descendre; aucune roue ne rayait jamais le sable de l'immense cour, déserte comme une grève et que veloutait, çà et là, l'écume éparse de quelque mousse. Une porte basse donnait seule accès à l'intérieur. Au beau temps les invités traversaient, à pied, l'espace sablé; sinon ils trouvaient là une chaise avec des porteurs. Personne n'enfreignait jamais cette consigne. La façade du palais sommeillait sous la clôture de ses persiennes. Les hirondelles griffaient de leur vol aigu la masse grise de l'édifice. La partie qu'habitait la Princesse se trouvait à l'opposé, sur les jardins, et n'occupait qu'un coin de l'hôtel dont le reste demeurait vide. Elle y vivait fort seule, le Prince résidant à l'étranger. On me l'avait montré une fois aux bains de Lorden où il venait guérir aux fontaines l'humeur qui lui montait au visage en âcres rougeurs. C'était un petit homme, maigre et chafouin, bizarre en tout, nerveux et d'une taille exiguë que barrait le cordon d'un ordre qu'il ne quittait jamais. Se plaisant à cette société dont il ignorait la langue et où on le recevait en considération de son haut état, il y promenait sa morgue et son mutisme avant de retourner à sa villa de Termi, d'où il ne sortait guère que pour ses cures annuelles et de rares voyages auprès de sa femme. Chaque fois, il n'y passait que quelques heures. La Princesse le recevait dans les grands salons du palais, ouverts à cette occasion. Toujours il repartait avant la nuit. Alors les salons se refermaient; les embrasses dénouées laissaient retomber les lourds rideaux;

les portières pendaient roides en leurs plis retrouvés ; l'éteignoir étouffait les bougies ; les nombreux domestiques apparus pour la circonstance disparaissaient aussitôt et rentraient dans les communs où ils demeuraient, quelques-uns suffisant seuls au service ordinaire. Les jets d'eau du jardin qui avaient lancé leurs fusées prismatiques se taisaient, l'un après l'autre, et, dans la cour, au lieu de l'éclat des livrées, on ne voyait plus que le vieux jardinier ramassant une feuille du bout de son râteau ou taillant les boules pomponnées des orangers nains qui s'étageaient aux marches du perron.

C'est dans cette demeure redevenue silencieuse après l'apparat de ces arrivées et le cérémonial de ces départs que la Princesse recevait, chaque semaine, le peu de personnes qui formaient son intimité. Elle vivait pourtant moins solitaire que retirée, ne manquant pas, à certaines grandes fêtes, de s'y montrer en l'élégance de sa beauté, avec le sourire et la hauteur nécessaires pour décourager la familiarité, en acquiesçant néanmoins à des usages auxquels satisfaisait la faveur de sa présence. Passé cette condescendance, sa vie se renfermait. La curiosité même en avait admis le secret sans plus chercher à le pénétrer. On m'en parla dans les premiers temps de mon séjour et si le hasard des rencontres ne m'eût mis en relations, d'abord de courtoisie, puis peu à peu d'amitié, avec un des convives de ces dîners mystérieux, jamais je n'aurais pensé à pouvoir souhaiter d'y être admis. Mon ami ne manquait jamais de s'y rendre et rien ne le détourna, une fois, de son assiduité.

Au soir dit, chaque arrivant, me racontait-il, quand je l'interrogeais sur le rituel de ce culte singulier, descendu à la grille et, la cour traversée, trouvait au vestibule un vieux valet à cheveux blancs; chacun recevait de lui, une petite lampe allumée. Sans que personne accompagnât le visiteur, il se dirigeait vers l'appartement de la Princesse. Le trajet, long, se compliquait d'un entrecroisement d'escaliers et de corridors. Les pas sonnaient sur le pavage des paliers ou les mosaïques des galeries, craquaient au parquet des grandes salles ou s'amortissaient aux tapis des salons. Il fallait écarter des draperies, pousser des portes, manier des serrures. La lueur de la petite lampe éclairait des files de statues et des rangées de bustes, le sourire d'un marbre ou la gravité d'un bronze, une nudité ou une attitude. La lumière, au passage, bombait la panse d'un vase, éveillait la dorure d'un meuble, scintillait au cristal d'un lustre. Des couloirs vides aboutissaient à des rotondes désertes et, de marche en marche, de porte en porte, on arrivait enfin à l'appartement de la Princesse de Termiane.

Le jour où je devais y être introduit je me rendis d'assez bonne heure chez mon ami, M. d'Orscamps. Il avait obtenu que je prisse à la table de la Princesse la place qu'y laissait libre son départ. Il partait le lendemain, ses bagages encombraient le vestibule. Les écuries ouvertes, les domestiques congédiés, tout l'hôtel prenait déjà un air d'abandon. Je cherchai d'Orscamps d'étage en étage et j'allais descendre au jardin, pensant l'y rencontrer, quand un refrain de cornemuse me guida vers le haut de la maison. Je parvins aux mansardes et, poussant une porte, je le découvris dans une petite chambre démeublée, accroupi sur le carreau et soufflant dans une musette laissée là sans doute par quelque drôle de la valetaille.

Il ne m'entendit pas venir et continua d'enfler l'outre obèse d'où il tirait une mélodie rauque. A ma vue, il se leva, jetant l'instrument qui se dégonfla avec un soupir plaintif.

« Je me prépare au voyage, me dit-il; demain la voiture me conduira jusqu'à la côte; un bateau me traversera la mer et je reverrai le manoir natal... Jamais, peut-être, ajouta-t-il, je ne me sentirais la force de partir sans ce vieux pipeau et sa pauvre musique. J'y ai revu mon pays, ses landes grises et roses, ses bois, ses grèves, la danse sur l'aire battue, le teint des filles, le visage des garçons. J'ai respiré son odeur de sucre et de sel, fleurs et algues, abeilles et mouettes! Une fois là-bas, tout cela me paraîtra insipide. Que l'ennui fera-t-il de moi! Un maniaque, comme le prince de Termiane. Vous le connaissez, vous savez sa vie à Termi. C'est une ville sinistre, immense, avec ses palais abandonnés, ses hôtels en ruines parmi de verdâtres jardins marécageux, ses ruelles inextricables, son parfum de fièvre et d'eau, mais c'est là qu'il trouve le seul divertissement qui lui plaise. Il chasse le chat. Ces animaux y pullulent. On les voit errer, çà et là, à demi sauvages, s'étirant sur la crête d'un mur, dormant au soleil parmi les pierrailles. La nuit, ils miaulent furieusement. M. de Termiane en a tué des milliers; il s'embusque pour les surprendre, les guette, les abat. Plaisir singulier. Ils sont peut-être les marionnettes de quelque tragédie visionnaire. Leur petitesse sauvegarde de leur férocité et la mimique de leur agonie évoque des masques terribles. Qui sait? Toute vie est inexplicable. L'empreinte du revers ne se devine pas à la face de la médaille. On ne voit dans tout miroir que l'inverse de ce qui s'y mire. Quant à la Princesse, que vous dirai-je? Vous en saurez davantage et, s'il vous faut partir comme moi, un jour, vous comprendrez mon angoisse et pourquoi je tremble à l'idée de cette séparation, en pensant que je ne verrai plus la grille, le vestibule, les vastes salles, que je ne tiendrai plus à la main la petite lampe qui faisait ramper mon ombre à mon côté. Il y a des choses merveilleuses dont on ne guérit jamais. L'heure s'avance, venez, car il convient d'être exacts. »

★

Nous avions déposé nos lampes que nous éteignîmes.

Cinq personnes se trouvaient réunies déjà dans le salon où la Princesse vint au devant de nous. Je m'inclinai sur sa main que je baisai. Aussitôt elle prit mon bras et nous passâmes à table où elle me fit signe de m'asseoir en face d'elle. D'Orscamps prit place à sa droite et les autres convives se disposèrent à leur guise. Je profitai du premier silence pour regarder autour de moi.

Le plus âgé des convives se nommait M. de Berve. Il habitait un château des environs et passait pour fort savant et versé dans les sciences hermétiques. Son voisin dont j'ignorais le nom, que j'appris ensuite, était un étranger retiré ici après de longs voyages maritimes. Il en avait rapporté des armes, des algues et des coraux.

Je connaissais les deux autres, gens d'esprit et de qualité. Le dernier et le plus jeune paraissait presque adolescent mais l'âge de sa figure contrastait avec sa chevelure précocement blanche.

Le repas fut exquis en viandes, en fruits et en vins, embelli par le luxe des argenteries et la perfection des porcelaines. Deux vieux valets veillaient au service. Une corbeille où des fleurs rares entouraient un bloc de glace parfumait la pièce de sa fraîcheur, et de hauts candélabres de vermeil, un à chaque bout de la table, dressaient l'architecture de leurs bougies. Peu à peu la conversation s'engagea. Chacun des interlocuteurs y prit part avec sens et verve. La Princesse écoutait attentivement. Ses cheveux relevés droits sur le front se massaient à l'arrière de sa tête. La beauté du visage consistait dans sa forme, la courbe du nez, la ligne exquise de la bouche et surtout en des yeux admirables.

On finissait et je remarquai que l'attention des convives consultait une horloge fixée au mur. Le balancier battait avec régularité; les aiguilles en conjonction se désunirent et une heure sonna dans le silence qui se fit autour d'elle. Le dernier coup vibra longtemps.

D'Orscamps s'était levé et, en même temps que lui, toute la table. La Princesse se tenait immobile, debout aussi, un verre à la main; j'entendis le tintement de ses bagues contre le

cristal. Elle tremblait. D'Orscamps très pâle.
Elle avait porté la coupe à ses lèvres et la lui tendit. Il l'acheva. « Adieu, lui dit-elle, quand il eut bu, adieu donc. Vous partez, il le faut. Je ne chercherai pas à vous retenir. L'heure a sonné; toute heure sonne. Gardez en souvenir la petite lampe qui vous servait à venir vers moi. Qu'elle veille à votre chevet. Faites-la placer dans votre tombeau. Adieu. Que la lumière soit avec vous. »

D'Orscamps s'inclina, une dernière fois, devant la Princesse, serra la main à chacun de nous et disparut par la porte qui resta ouverte. Nous entendîmes descendre l'escalier, puis un bruit de cristal qui se brise et quand je sortis à mon tour en compagnie du jeune homme à cheveux blancs, nous trouvâmes, au bas de la dernière marche, sur la pierre où leurs miettes craquèrent sous nos pas, les débris de la petite lampe de verre.

★

Par un assez bizarre usage dont la Princesse me fit part quand je la quittai, chacun de ses convives du dimanche ne manquait pas à venir, seul, la visiter un des soirs de la semaine. Comme je me trouvais le dernier venu mon tour fut porté au samedi. D'Orscamps, dans nos causeries sur la singulière femme, m'avait averti de cette singularité de son caprice et de la façon dont se passaient ces entrevues.

Madame de Termiane recevait à la tombée

du jour, plus ou moins tard selon la saison. Elle se tenait dans une pièce en rotonde éclairée, à travers les parois vitreuses, d'une lumière diffuse. C'étaient de longues heures d'entretien comme avec une ombre vivante. Mon ami m'avait fait des récits passionnés de ces aventures intellectuelles qui se prolongeaient souvent jusqu'à l'aube. On se sentait en présence d'un être mystérieux en qui parlait une voix inconnue dont on restait à jamais anxieux. Sans s'expliquer sur la nature de ces oracles, il me laissait entendre que leur beauté dépassait l'humain et liait à jamais au désir de les réentendre de nouveau et toujours; et l'approche et la promesse de cette divinité secrète me faisaient attendre impatiemment l'heure de mon accès à cette Eleusis révélatrice.

Tout en subissant, à mon tour, la fascination commune qui avait réuni autour de Madame de Termiane ceux que son apparition au seuil attirait dans la grotte de sa solitude et de ses mystères, j'en discutais avec moi-même les dangers. Elle me semblait la fleur éclose à l'entrée des voies souterraines et périlleuses. Elle me paraissait la fissure vers l'au-delà par où s'engouffrent les âmes, imperceptiblement et furieusement, la sorcière admirable qu'on n'exorcise plus. Je respirais la cavité de la spirale magique. Toute la semaine je fus inquiet et énervé. L'insomnie m'épuisa. Une grande fatigue m'accablait. Enfin le jour attendu arriva.

Dès le matin, je le pressentis interminable. Pour me distraire de mes pensées, je sortis de la ville et j'errai dans la campagne. L'été finissait. J'allai le long de la rivière; elle coulait verte et fluide sur de longues herbes inclinées; je la suivis, elle passait non loin du palais de Madame de Termiane, l'idée me vint de rôder alentour, mais, arrivé au bout de l'avenue qui mène à la grille je m'arrêtai et je m'assis sur une borne de pierre. Il me sembla que le crépuscule se faisait tout à coup; le vieil hôtel dressait sa masse grisâtre. Je m'entendis sonner à la grille ; le sable de la grande cour criait sous mes pas. Je me voyais et je m'écoutais. Personne au vestibule. J'allumais la petite lampe qui m'était réservée. J'examinais les tailles de son cristal noir à veines roses. Toutes les portes s'ouvraient d'elles-mêmes devant moi; les galeries retentissaient d'échos lointains. J'arrivais aux appartements de la Princesse. J'appelais. Le salon vide menait à la rotonde sybilline dont m'avait parlé d'Orscamps. Je fouillais jusqu'au moindre recoin. Mon soin fut inutile. La nuit vint. Je me vis, la lampe à la main, dans un miroir; il me semblait reconnaître dans cette image de moi-même quelqu'un que je devais suivre, le guide fraternel de mon rêve. Nous visitions, pièce par pièce, l'immense palais. Je m'y perdis, je m'y retrouvai. La poussière des combles succéda au salpêtre des caves. Ma lampe s'éteignit. J'errai à tâtons pendant des heures interminables. Enfin la ténèbre grisonna; une ligne blanche filtra sous une porte. En me dirigeant vers ce côté, mon pied heurta un objet. Je le ramassai. C'était une masse lourde et froide. Du genou je poussai le battant de la porte qui s'ouvrit, et la lumière blanche de l'aube éclaira entre mes mains la tête de marbre d'une statue.

Elle souriait et ressemblait à Madame de Termiane. Je la regardai et, peu à peu, je la sentis s'alléger et se fondre entre mes doigts où elle ne laissa qu'une légère poussière qu'un vent léger dispersa...

J'écrivis à Madame de Termiane le rêve que j'avais fait d'elle et qui m'avait tenu endormi jusqu'au matin en face de son palais. Elle ne répondit jamais à ma lettre et je ne cherchai pas à la revoir. Son souvenir m'est resté beau d'avoir entrevu son visage ou sans doute celui même de la Beauté. »

V

LA MORT DE M. DE NOUATRE ET DE MADAME DE FERLINDE

V

LA MORT DE M. DE NOUATRE ET DE MADAME DE FERLINDE

La pourpre sanguinolente de la grosse rose rouge épanouie semblait ruisseler derrière la vitre de la porte fenêtre. Les pétales tremblaient et la branche épineuse griffait le cristal. Il faisait grand vent au dehors et, sous un ciel noir, les eaux irritées du jardin s'assombrissaient. Les vieux arbres se balançaient en gémissant; la stature des troncs projetait l'étirement des branches et suspendait la palpitation des feuillages. Le souffle filtrait par les jointures des portes, et le Marquis, assis dans un grand fauteuil, le coude sur la table de marbre, fumait lentement. La fumée de sa pipe montait droite jusqu'à ce que, prise dans le remous d'un vent coulis, elle tourbillonnât, dénouant ses anneaux en traînées éparses. Il avait ramené sur ses jambes les pans à fleurs de sa houppelande. Le crépuscule n'apaisait pas la bourrasque. La grande rose remuait, crispant la colère de ses épines. Devant les fenêtres une petite chauve-souris passait et repassait errante et ahurie.

★

« Pour se rendre à Ochria, continua M. d'Amercœur, il fallait prendre l'une des deux routes. Celle de mer, la plus courte, m'agréait peu. Par l'autre c'était six jours de cheval. Je m'y décidai. On m'assura de la bonté des auberges, et le lendemain, à l'aube, je cheminais à travers la plaine. De hautes montagnes ocreuses s'élevaient à l'horizon; je les atteignis rapidement. Mon cheval allait d'un bon pas et je le laissais aller. La plus grande partie du voyage se passa sans incident. Aucune rencontre, ni dans les hôtelleries vides ni sur les chemins déserts. J'approchais et au matin du sixième jour il ne me restait plus à traverser qu'un restant de forêt. Le lieu m'apparut singulièrement sauvage. Un éboulement de roches monstrueuses entassait là des croupes ébréchées, cabrait des poitrails velus et allongeait des pattes difformes. Les taches de la pierre imitaient la marbrure des chairs, des flaques d'eau luisaient comme des yeux et le velours des mousses ressemblait au poil des pelages. Le sol jaune se creusait d'ornières et se bossuait par endroits d'échines pierreuses. Parfois une source rauque et douce. Les aiguilles de pins rougeâtres feutraient la terre d'une rousseur de toisons.

Au sortir de la forêt on dominait une plaine saure, un paysage de broussailles et de monticules. Je m'arrêtai un instant pour contempler son étendue monotone que bornait une crête rocheuse derrière laquelle se trouvait Ochria. J'allais me remettre en marche quand j'entendis un galop derrière moi, et un cavalier monté sur un cheval alezan m'accosta en me saluant. Un costume de chasse en cuir roux le vêtait et amplifiait sa corpulence moyenne comme sa stature. Sa chevelure brune s'éclaircissait par places d'un reflet fauve et sa barbe en pointe roussoyait un peu. Le soleil, déjà sur son déclin, le mordorait tout entier et la couleur de sa personne s'accordait avec l'ocre de l'horizon et l'or des feuillages d'alentour; il paraissait harassé d'une longue course. Nous descendîmes côte à côte le chemin, assez abrupt.

Ayant su que j'allais à Ochria, il me proposa, s'y rendant aussi, de m'y mener par le plus court; la journée s'achevait. Nous longions maintenant des haies décharnées enclosant l'aridité de champs pierreux. A un carrefour nous rencontrâmes un troupeau de chèvres. Elles broutaient une herbe sèche. Leurs barbiches pointaient, le bruit de leurs petits sabots dandinait leurs pis flasques; au milieu d'elles, un bouc à cornes tordues paradait, obscène, prétentieux et puant.

« Il a vraiment une mine de vieux satyre », me dit mon compagnon avec un bref rire chevrotant. Il s'était arrêté pour considérer la bête qui le regardait curieusement.

Le soleil baissait. Une lumière d'or pâle teignait les objets; la terre que nous foulions était rance et bilieuse et, derrière nous, l'âcre montagne étageait ses masses d'ocre cariée. Mon interlocuteur reprit : « Oui, cette terre est mystérieuse et il s'y passe des choses surprenantes; les races disparues s'y refont; j'en tiens presque la preuve et j'en guette la certitude. »

Il tira avec précaution de son porte-manteau une motte de glaise jaunâtre et me la tendit. L'argile s'effrita un peu dans ma main. « Voyez-vous l'empreinte, et il me désignait une marque presque effacée, c'est celle d'un faune. On m'a signalé aussi la présence d'un centaure. Je me suis embusqué plusieurs nuits pour le surprendre. On ne le voit pas mais on l'entend hennir. Il doit être jeune, le poitrail maigre et la croupe encore bourrue. Au clair de lune il vient se regarder aux fontaines où il ne se reconnaît plus. Il reste seul de sa race ou plutôt il la recommence. Elle a été détruite et pourchassée comme celle des nymphes et des satyres, car ils existaient. On raconte que, jadis, des bergers qui le surprirent endormi en amenèrent un au proconsul Sylla. Des interprètes l'interrogèrent dans toutes les langues

connues. Il ne répondit que par un cri qui tenait du chevrotement et du hennissement. On le relâcha, car les hommes de ce temps savaient encore un peu des vérités obscurcies depuis. Mais tout ce qui exista peut renaître. Cette terre est propice à l'œuvre fabuleuse. L'herbe sèche a la couleur des toisons ; la voix des sources murmure ambiguë; ces rochers ressemblent à des bêtes inachevées. L'homme et l'animal vivent assez proches pour que se fassent entre eux des échanges consanguins. Le temps a dispersé des formes jadis conjointes. L'homme s'isola de ce qui l'environne et se retira dans son infirmité solitaire. Il a rétrogradé croyant se parfaire. Les dieux se muaient jadis aux apparences de leur choix, y prenaient le corps de leur désir, aigles ou taureaux! Des êtres intermédiaires participèrent à cette faculté divine ; elle dort en nous, notre passion y crée un satyre intermittent ; que ne sommes-nous incorporés aux désirs qui nous cabrent ! Il faut devenir ce que l'on est ; il faut que la nature se complète et retrouve les degrés qu'elle a perdus. »

Mon compagnon ne cessait de me parler fébrilement. Je suivais avec peine son discours qu'il paraissait continuer sans prendre garde à ma présence. Cependant le soleil s'était couché et, à mesure que le crépuscule augmentait, le singulier personnage semblait s'éteindre peu à peu ; il perdait l'éclat roux dont la lumière de cette fin de journée avait imprégné son vêtement de cuir tanné, sa barbe et ses cheveux. Son aspect entier se fonçait ; puis son exaltation s'apaisa en même temps que le paysage changeait. Bientôt, nous vîmes miroiter l'eau d'un fleuve.

L'humidité qu'il répandait lui faisait des bords verdoyants. Un pont l'enjambait de ses arches. La nuit venait vite. Mon compagnon ne parlait plus et je voyais à mon côté sa forme noire se sculpter sur l'ombre environnante. Arrivés au bout du pont dont le cailloutis sonnait fort sous les sabots, il s'arrêta brusquement devant une lanterne qui pendait à un poteau. En le regardant, je me demandais si l'homme qui me tendait la main était bien l'étrange discoureur de tout à l'heure. Son visage me semblait différent, sa chevelure et sa barbe sombres ne rutilaient plus ; il se dessinait svelte et élégant et ce fut d'un sourire plein de politesse qu'en me quittant il me dit son nom, au cas où il me plairait, durant mon séjour à Ochria, d'y retrouver Adalbert de Nouâtre.

★

La première personne que visita à Ochria M. d'Amercœur ne fut point M. de Nouâtre. Le souvenir même de ce singulier personnage s'effaça quelque peu de son esprit; il ne se préoccupa guère de le relancer et se passa fort bien de le rencontrer. Il ne le vit ni à la promenade, ni aux tavernes ni chez les courtisanes qu'il fréquenta, car leur accès s'ouvrit vite à un jeune homme de son nom, bien monté en chevaux, linge et bijoux. Deux des plus galantes se le disputèrent même avec acharnement. L'une était brune et l'enleva à l'autre qui était blonde et qui le lui reprit, bien qu'il se fût mieux accommodé de les satisfaire tour à tour que de choisir entre elles.

Son goût de la débauche et du jeu le lia vite avec quelques-uns des jeunes gens les plus élégants de la ville. On le pria bientôt à toutes les parties. Il y plut et comme les barbons aiment à se mêler aux désordres de la jeunesse, il connut là, par l'entremise des plaisirs que tous recherchent, maints graves personnages dont l'abord lui eût été sans cela difficile. Ce commerce le mit de plain-pied dans la meilleure société d'Ochria. À le rencontrer si souvent chez leurs maîtresses, ces messieurs en vinrent à le produire auprès de leurs femmes, et

M. d'Amercœur connut bientôt les grands hôtels silencieux au fond de leurs cours pavées. Il s'assit aux tables somptueuses, goûta les mets des cuisines savantes, huma le vin des caves séculaires et vit, sous les lustres de cristal, parader en gala les importances et les beautés du lieu.

Parmi toutes, une le séduisit particulièrement. On la nommait Madame de Ferlinde. Elle était svelte et rousse. Son corps longuement souple supportait une tête païenne couronnée d'une chevelure dont le jaillissement ondé s'achevait en volute. La masse incandescente de cette coiffure semblait à la fois fluide et ciselée, avec la hardiesse d'un casque et la grâce d'une fontaine. Cela allait avec l'air et le port d'une Nymphe guerrière. Elle vivait, veuve, dans un vieil hôtel au milieu de beaux jardins. M. d'Amercœur s'y rendit vite assidu, y passant des journées, y venant à toute heure sans que celle du berger sonnât pour lui. Cette chaste Diane aimait à parer sa beauté de tuniques plissées et du croissant lunaire, et ce nom qu'elle portait, elle l'eût mérité. Elle aimait les musiques invisibles, l'ombre de l'amour et le murmure des eaux. Trois fontaines en répandaient d'harmonieusement claires au milieu d'une salle de verdure. Le jardin contenait aussi une petite grotte où Madame de Ferlinde venait souvent se reposer. Des lierres retombants y voilaient la lumière. Il y faisait un jour verdâtre et transparent.

Ce fut là qu'elle entretint pour la première fois M. d'Amercœur au sujet de M. de Nouâtre. Elle le dépeignit comme un homme à manies, mais érudit et charmant, d'une science prodigieuse et d'un goût raffiné. D'ailleurs vivant fort solitaire, absent pour de fréquents voyages, grand amateur de livres, de médailles et de pierres gravées.

M. d'Amercœur, sans s'expliquer sur le détail de sa rencontre avec M. de Nouâtre, en parla comme d'une occasion où celui-ci s'était montré fort serviable et accepta de Madame de Ferlinde l'offre qu'elle lui fit d'aller ensemble, lui remercier son compagnon de route, elle revoir un ami qui la négligeait depuis quelque temps. Au jour dit ils se rendirent donc chez M. de Nouâtre.

Dès l'entrée, au centre du vestibule, on remarquait un bronze antique qui représentait un Centaure. Le large poitrail bombait ses muscles; la croupe ronde luisait; les flancs semblaient palpiter; le sabot levé attendait et le monstre équestre d'un bras agile élevait au-dessus de sa tête pamprée une pomme de pin en onyx. Partout où les mena leur hôte, M. d'Amercœur admira un choix exclusif d'objets concernant l'histoire des demi-dieux terrestres ou marins et la mythologie magique des anciens. Des terres cuites en modelaient les effigies, des bas-reliefs en évoquaient les légendes, des médailles en remémoraient le culte. Harpies aux griffes aiguës, Sirènes poissonneuses ou ailées, Empuses à pied bot, Tritons ou Centaures, chacun avait là sa figurine ou sa statue. Les bibliothèques renfermaient les textes relatant leur origine, leur existence, leur nature. Des traités dissertaient de leurs espèces ou de leurs formes, énumérant toutes les sortes de Satyres, de Sylvains ou de Faunes, et l'un d'eux, le plus rare et que M. de Nouâtre montrait non sans orgueil, contenait la description du Papposilène qui est un monstre horrible et entièrement velu. Des cahiers en d'admirables reliures gardaient les recettes des philtres thessaliens par lesquels les sorcières de Lucien et d'Apulée changeaient un homme en hibou ou le transformaient en âne.

M. de Nouâtre faisait à merveille les honneurs de son cabinet. Parfois un léger sourire détendait sa bouche. Dans ses yeux très noirs des paillettes de cuivre scintillaient par instants et parmi sa barbe brune trois fils d'or s'entrecroisaient. Au départ il serra les mains de Madame de Ferlinde entre ses doigts aux ongles aigus et, pendant qu'il la regardait, M. d'Amercœur vit les parcelles métalliques se multiplier dans ses yeux qui jaunirent d'une sorte d'éclair furtif, passionné, violent et presque aussitôt évanoui.

Cette première visite ne resta pas sans suite; M. d'Amercœur revit fréquemment le vestibule de stuc où passait, le sabot levé sur sur son socle de marbre, le Centaure de bronze. La pomme d'onyx luisait dans sa main. M. de Nouâtre ne s'expliqua jamais sur l'origine et l'objet des collections singulières qui se trouvaient rassemblées dans son hôtel. Il n'en parlait pas autrement que pour faire remarquer la rareté d'un livre ou la beauté d'un bibelot. Rien de plus et aucune allusion aux circonstances de leur première rencontre. Sa réserve causa celle de M. d'Amercœur. Ces rapports de cérémonieuse amitié préservèrent le secret de l'un en n'autorisant pas la curiosité de l'autre, et tous deux semblaient d'accord à feindre un réciproque oubli.

« Madame de Ferlinde était inquiète depuis quelques jours quand elle me fit prier de la venir voir. Je me rendis à son appel et je la trouvai nerveuse et préoccupée. A mes instances pour savoir la cause de son trouble, elle me répondit évasivement, puis finit par m'avouer la transe singulière où elle vivait. Elle me raconta que, chaque nuit, les chiens hurlaient, plus de peur que de colère. Les jardiniers avaient découvert sur le sable des allées des traces de pas. Le gazon piétiné çà et là accusait une présence nocturne et à mon grand étonnement elle me montra une motte de glaise où l'on voyait une empreinte bizarre. C'était une foulée assez nette. En examinant de plus près la marque durcie, j'aperçus, pris dans l'argile, quelques poils jaunes. Un invisible maraudeur, semblait hanter le jardin et épier la maison. En vain on posait des pièges, et on essayait des rondes nocturnes. Malgré tout Madame de Ferlinde ne pouvait se défendre d'une appréhension insurmontable. Je raisonnai de mon mieux la belle peureuse et, en la quittant, je lui promis de revenir le lendemain.

C'était un jour de fin d'automne ; il avait plu ; les rues restaient boueuses, les arbres s'effeuillaient, jaunes et rouges au crépuscule. La grande grille de l'hôtel se trouvait ouverte, le suisse sommeillait dans sa loge. J'entrai dans le vestibule et j'attendis un valet qui pût m'annoncer à Madame de Ferlinde. Sa chambre qui donnait sur le jardin était au bout d'une galerie. J'attendis encore. Rien ne bougeait dans la vaste demeure silencieuse. Personne ne vint et le temps passa. Un faible bruit arriva à mon oreille : j'écoutai plus attentivement et il me sembla entendre des soupirs étouffés, puis la chute d'un meuble renversé. J'hésitai, tout se tut. Tout-à-coup un cri déchirant partit de la chambre de Madame de Ferlinde. Je traversai en courant la galerie et je heurtai la porte qui s'ouvrit toute grande. Il faisait déjà sombre et voici ce que j'entrevis, Madame de Ferlinde gisait à demi-nue sur le parquet, ses cheveux se répandaient en une longue flaque d'or et, accroupie sur sa poitrine, une sorte de bête velue, informe et hargneuse, l'étreignait et lui dévorait les lèvres.

A mon approche, le bloc de poil jaune bondit en arrière. J'entendis grincer ses dents et ses ongles racler le parquet. Une odeur de cuir et de corne se mêlait au doux parfum de la chambre. L'épée à la main, je me ruai sur le monstre ; il tournait en rond, culbutant les meubles, griffant les tentures, évitant ma poursuite avec une agilité incroyable ; je cherchais à l'acculer dans un angle. Enfin je l'atteignis au ventre ; du sang jaillit sur ma main. La

brute s'effondra dans le coin obscur et tout-à-coup, en sursaut, me renversa d'une bousculade, enjamba la fenêtre ouverte et, dans un bruit de vitres brisées, sauta dans le jardin. Je m'approchai de Madame de Ferlinde; un sang tiède coulait de sa gorge déchirée. Je soulevai sa main qui retomba; j'écoutai son cœur qui ne battait plus. Alors je me sentis saisi d'une épouvante panique ; je m'enfuis. Le vestibule restait vide, la maison semblait mystérieusement abandonnée. Je repassai devant le suisse endormi. Il ronflait la bouche ouverte, inerte d'une léthargie qui me parut plus tard suspecte, de même que l'absence de tout domestique en cet hôtel isolé où Madame de Ferlinde paraissait pressentir quelque chose du bestial guet-apens qui rôdait autour de sa beauté.

Il faisait nuit; j'errais par les rues en un

désordre inexprimable. La pluie commença à tomber. Cela dura longtemps. J'allais toujours sans savoir où je me trouvais quand, levant les yeux, je reconnus la maison de M. de Nouâtre. Je le savais ami du chef de la police et l'idée me vint de le consulter en même temps que de lui apprendre le tragique événement de cette affreuse soirée. D'ailleurs cet hôtel si inopinément désert, ma présence sur le lieu du crime, tout cela constituait contre moi, par une suite de faits inexplicables, une prévention monstrueuse dont il était urgent de devancer le soupçon.

Je sonnai. Le domestique me dit que M. de Nouâtre était à la chambre qu'il gardait depuis plusieurs semaines. Je montai précipitamment l'escalier. Une horloge tinta onze heures, je frappai et j'ouvris sans attendre, et je m'arrêtai au seuil. L'obscurité emplissait la vaste pièce. La fenêtre devait être ouverte car j'entendais pleuvoir au dehors sur le pavé de la rue déserte où donnait l'arrière de la maison. J'appelai M. de Nouâtre. Pas de réponse. Je m'avançai à tâtons dans l'ombre. Un peu de braise rougeoyait dans l'âtre. J'y allumai un flambeau pris sur une console où ma main l'avait heurté. La flamme grésilla. Un corps, étendu sur le parquet, gisait la face contre terre. Je le retournai à demi et reconnus M. de Nouâtre. Ses yeux grand ouverts me regardèrent vitreux de leurs onyx éraillés. Aux coins de ses lèvres moussait une écume rousse. Sa main que je tâtai remplit la mienne de sang; j'écartai le manteau noir qui enveloppait le cadavre. Il portait au ventre une profonde blessure faite d'un coup d'épée. Je n'éprouvais nulle terreur, une violente curiosité me saisit. Je regardai avec attention autour de moi. Tout était en ordre dans la chambre. Le lit ouvrait ses draps blancs. Sur le parquet à losanges de bois clair se dessinaient des traces de pas boueux ; ils partaient de la fenêtre et se dirigeaient vers l'endroit où gisait M. de Nouâtre. Une bizarre odeur de cuir et de corne empestait l'air. Le feu crépita ; deux tisons rapprochés se rallumèrent et je m'aperçus alors que le misérable était tombé les pieds dans l'âtre et que la flamme avait brulé ses chaussures et carbonisé sa chair.

Cette double mort passionna Ochria. Je fus appelé en haut lieu et sur les déclarations que je fis on ne m'inquiéta pas. La connexité de ces faits tragiques resta à jamais douteuse et en suspens. Madame de Ferlinde ne laissant pas d'héritiers ses biens revinrent aux pauvres avec ceux que M. de Nouâtre, sans hoirs non plus, lui avait légués par un testament où il me réservait, en souvenir de lui, le Centaure de bronze qui ornait son vestibule et tenait dans sa main une pomme d'onyx. »

Le valet était entré en boitant, et une à une, il alluma les bougies aux appliques et celles d'un haut candélabre qu'il posa sur la table. Puis il ouvrit les portes-fenêtres pour assujettir les volets extérieurs. Le vent durait toujours; du dehors venait une odeur de roses et de buis et, attirée par la lumière, une petite chauve-souris s'insinua dans la vaste pièce. Elle rôda au plafond comme si elle eût voulu y tracer un cercle sans cesse recommencé et que rompait chaque fois une brusque encoche. Ses ailes délicates battaient vivement. Le Marquis restait enfoui dans sa large houppelande de soie brochée, et nous regardions la bête agile s'acharner patiemment à sa tâche mystérieuse qu'interrompaient les accrocs de sa hâte et s'embrouiller aux méandres captieux et à l'inextricable filet de son vol qui signait l'air du paraphe magique de son intermittente incantation.

VI

LE VOYAGE A L'ILE DE CORDIC

VI

LE VOYAGE A L'ILE DE CORDIC

La porte refermée bruyamment fit résonner au bout de la longue galerie l'écho qui y sommeillait entre les deux cariatides du fond. Des hanches de pierre engainaient leur torses de marbre pâle et comme, luisant d'une sueur éternelle, et la crispation de leurs bras levés soutenait le haut plafond d'or. Les mosaïques du pavage miroitaient, et je marchais à pas lents dans le vide sonore du lieu, en songeant que, certes, l'âme du Prince, comme ce dallage, était glissante et périlleuse et peinte aussi de figures bizarres et d'arabesques entrelacées.

L'altercation survenue entre son Altesse et moi me laissait en souci. Mon obstination avait heurté son caprice. Une heure durant il s'acharna à réduire ce qu'il appelait mon entêtement. Je le revoyais dans son vaste cabinet, meublé d'armes et de poupées, car il se plaisait à manier le fer et à jouer aux marmousets ; il se connaissait en épées et en fantoches, aimant les panoplies et les mannequins dont il avait, des unes, tout une collection, et des autres, toute une assemblée ; mais au fond, son armurerie le préoccupait moins que ses marionnettes. Leurs mines de cire peinte, leurs corps de chiffons, leurs bras d'osier se prêtaient à des jeux de fards, de parures et d'attitudes, étaient complaisant aux uniformes, aux robes, aux livrées, et leur petite taille servait au Prince à des essais en miniature d'où ensuite il réglementait l'habit des troupes, la souquenille des valets et même l'ajustement des dames ; il y croyait exceller, et l'empruntait parfois, moins pour se divertir que dans l'espoir inavoué qu'on admirerait la grâce de son travesti et la galanterie de sa mascarade.

Je le revoyais donc, coudoyant ses figurines et discutant, avec l'âpreté d'un maniaque jointe à la rouerie d'un diplomate, le point où il voulait m'amener. Parfois, en arrêt devant un miroir pour s'y rajuster, j'y apercevais sa face pâlote et son grand nez ; ses basques lui battaient aux jambes et il revenait à moi, plus acharné peut-être enfin à vouloir contre mon gré qu'à me convertir au sien.

Le caractère du Prince m'était assez connu pour, d'ordinaire, échapper par quelque biais aux ordres de sa fantaisie où aux pièges de son humeur, mais, cette fois, sa colère le rendait clairvoyant et rien ne le rebuta de son entreprise, rien, pas même le ridicule que je lui en montrai, poussé à bout et au risque d'un sursaut dangereux de sa vanité. Tout en vain, et je compris à un petit tremblement de sa lèvre et à un éclair mauvais de ses yeux jaunes que les traverses m'avaient ramené à la patte d'oie d'où s'ouvraient des routes qui pourraient bien être celles de la disgrâce.

Je rentrai chez moi pour réfléchir aux difficultés de ma situation et je cherchais encore les moyens de me tirer de ce pas fâcheux quand, le lendemain matin, on m'apporta un message. Son Altesse m'y enjoignait de partir sur le champ pour l'île de Cordic, de laisser mon équipage à la côte et de débarquer seul pour me rendre à un lieu indiqué où je trouverais ses instructions.

Ma perplexité, après réflexion, se décida à tirer bon augure du tour que prenait l'événement. La colère souveraine me semblait en détente et je conçus l'espoir d'échapper aux suites que son excès m'avait fait un instant prévoir; un voyage ennuyeux, avec, au bout, quelque facétie où je me prêterais de bonne grâce, m'en paraissait l'issue probable. Souvent de telles aventures se dénouèrent de même et on s'en disait certaines, à l'oreille, où de fort graves personnages avaient dû subir en châtiment les malices et les bouffonneries du prince maniaque dont les cocasses rancunes se satisfaisaient d'une risée ou d'un déboire, et je me résignais assez bien à ajouter, à mes dépens, un récit de plus aux légendes qui faisaient de notre bizarre maître le sujet des bâcleurs de romans et des conteurs de nouvelles. Il relevait d'ailleurs plus de l'anecdote que de l'histoire. Sa petite cour était singulière. Les chutes y ressemblaient à des culbutes; l'acrobatie des ambitions y voisinait avec les pirouettes des vanités.

Les gros chevaux à queue nattée battaient du sabot le pavé. Le cocher se carrait sur son siège; je montai, la portière claqua, les roues tournèrent, la voiture franchit la grille. Le Palais se dressait au bout de la grand'place, grisâtre dans le petit jour. La cour d'honneur était déserte. Derrière la vitre d'une fenêtre de l'aile nord où se trouvaient les appartements du Prince, je l'aperçus guettant mon départ, la main au rideau qu'il laissa retomber à mon passage.

La route allait d'arbre en arbre, de borne en borne, de ville en ville. Les relais alternaient avec les auberges; des ponts bombés sonnèrent; des montées attardèrent l'attelage qui se hâtait aux descentes; un bac me traversa un fleuve.

Je n'étais jamais allé à l'île de Cordic. Des passes périlleuses séparaient de la côte son port de pêcheurs, sa terre inculte... Vers le matin du troisième jour, je ressentis les approches de la mer. Les arbres se penchèrent, rabougris, noueux, comme pour mieux résister, par leurs musculatures naines, aux attaques du vent. L'air fraîchit; à un détour j'aperçus les eaux. Elles s'étalaient, d'un gris tendre, sous un ciel pâle. Bientôt la route s'engagea sur une étroite presqu'île de pierre et de sable qui prolongeait sa nudité jusqu'à un humble village, à sa pointe. La voiture s'y arrêta et je descendis. La mer déferlait devant moi sur une petite grève molle où les pas marquaient ; quelques barques se tenaient dans une anse, une d'elles consentit à me mener dans l'île ; je m'embarquai, muni d'un porte-manteau et je regardai diminuer peu à peu, immobile, là-bas, avec son gros cocher à livrée verte et ses panneaux peints, mon carrosse dont les chevaux pommelés grattaient du sabot le sable humide où sourdait l'eau de la mer montante.

La barque se balançait lentement; l'eau, autour d'elle, devenait bleue sous le ciel clair. Les vagues enflaient leurs glauques rondeurs ; parfois une crevait en écumes, la plupart bossuaient leur enflure d'une échine invisible. Un profond mouvement intérieur les animait, le mât grinçait. L'ancre encore ruisselante du fond d'où on l'avait tirée crispait ses pinces de crustacée; elle gisait sur le pont, animale et rugueuse ; des mouettes tournoyaient.

Enfin, apparut à l'horizon une côte, basse d'abord et qui grandit peu à peu. Elle sortait de la mer à mesure que nous approchions; nous vîmes bientôt ses hautes falaises vaporeuses, qui se solidifièrent. Nous naviguions proche de l'île; une pointe de roc tournée, le port s'ouvrit. Une fois à terre je me mis en quête de l'auberge et ensuite je revins flâner le long de la mer. Le reflux découvrait la vase du bassin; des algues s'égouttaient des parois du quai; elles pendaient gluantes et lisses. Des enfants jouèrent interminablement à faire rouler des galets sur les dalles. Un vieil homme fumait en rapiéçant une voile.

Je voulus monter sur la falaise où conduisait un sentier. Elle était escarpée, herbue. Une fourrure de bruyères rousses couvrait son dos et son flanc décharné plongeait à pic dans la mer. L'âpreté de la chaleur cuisait le roc. Du point de ma promenade une partie de l'île s'étendait à ma vue. Elle apparaissait oblongue, sans arbres, dans la terrible désolation de son pelage de mousses où perçaient des nuques de pierre, l'ossature de sa nudité fauve.

Le soleil se coucha en rougeoyant, l'île entière devint violette, comme vieillie d'un subit automne de crépuscule. Sur la mer, un retour de barques voletait épars. Les voiles d'ocre ressemblaient à des feuilles mortes, les seules que le vent dispersât jamais autour de cette île sans arbres où je me demandais vraiment ce que m'avait envoyé faire le Prince et où, par l'ennui que j'y ressentais déjà, sa rancune prenait un air de vengeance. Les voiles d'ocre erraient toujours sur la mer violâtre. Des nuées héraldiques blasonnèrent le ciel; les barques rentrèrent au port en même temps que j'y redescendis, car mon auberge donnait sur le quai et, le soir, remonté dans ma chambre, je les entendis, captives au bassin, geindre sourdement sur les câbles de leurs ancres.

Le lendemain, à mon réveil, le ciel fut gris et compact, un vent violent y étirait des nuées courantes, la mer verdâtre blanchissait d'écumes, la poussée des flots harcelait les falaises. Je pris un guide pour me conduire au lieu indiqué où devait se dénouer l'énigme de mon voyage.

L'endroit était une table de pierre située à la pointe sud de l'île. Nous traversâmes d'interminables bruyères; des bandes de moutons noirs y paissaient; chacun, pour que les troupeaux ne se mêlassent point, attaché par une corde à un piquet. Ils broutaient tranquillement. Notre approche les épeura; nous les voyions alors tourner en rond autour du pieu, comme pris de folie, et, sur cette lande sauvage, ces moutons sorciers semblaient tracer des cercles maléfiques.

J'interrogeai l'homme qui me conduisait. Il me raconta les terribles hivers de l'île, la tempête ruée à l'assaut des côtes, les portes entrebâillées, les maisons accroupies, les habitants forcés à ramper par la force du vent, tout ce pauvre peuple animal, opposant à l'intempérie sa posture bestiale et son vêtement de laine. Nous marchions toujours; le vent augmentait à mesure que le terrain s'exhaussait. On sentait son étreinte. Sa sournoiserie se faisait brutale. Son attaque fourbe rusait; sa fuite même déconcertait.

Nous étions maintenant sur un plateau de falaise en éperon croulant droit en la mer ses blocs qu'assaillait la marée. C'était un double tumulte l'un, incohérent, l'autre, pétrifié. Des flocons d'écume passaient sur nos têtes.

La haute table de pierre se dressait là. Sous un fragment de rocher, je trouvai, comme on m'en avait averti, l'ordre princier; j'y lus, stupéfait, qu'au cas où ma résistance s'obstinerait, l'exil sur cette terre cruelle tâcherait d'en avoir raison. Il fallait opter sur le champ. La concision de l'arrêt m'en montra le sérieux. La facétie prévue prenait un masque tragique. L'éclair des yeux jaunes n'avait pas menti.

Je regardai autour de moi. De l'horizon les lames énormes déferlaient. Leur force éclatait en écumes blanches, les rocs hargneux faisaient face à la marée furieuse; des gueules et des croupes affrontaient la ruée des vagues, bavant ou ruisselant. Le vent soufflait dans les herbes dures.

Mon orgueil s'exalta; le tumulte de la mer entra en moi; je marchai tout le jour. Je connaissais trop les polices du Prince pour penser leur échapper. Mon sort me semblait inévitable. Je compris l'erreur de ma hardiesse. En contrevenant au caprice du maniaque que j'avais heurté la vanité du despote et, dans le dangereux mannequin dont je m'amusais trop souvent, ma bravade réveillait l'homme héréditaire, le descendant de l'antique race rancunière dont les parcelles subsistaient encore, endormies, au fond de l'Altesse baroque. J'avais oublié que, dans le cabinet de poupées et de panoplies, seule, à l'écart, sous l'aigle d'or qui s'éployait, une main de justice crispait au mur, en un ivoire vieilli, son rude poing, celui de l'ancêtre fondateur.

Je marchai tout le jour. Je descendis à de petites plages creusées dans les fureurs de la falaise. Le sable y était rose ou bleuâtre ou gris, ailleurs presque rouge; je trouvai des grottes, vert et or, pleines de galets, d'algues et de coquilles, avec de stalactites qui faisaient d'elles comme l'intérieur de carrosses de féerie.

Toute ma vie me revenait en mémoire avec les fêtes, les mascarades et les plaisirs. J'entendais le rire des femmes. Leurs nudités sortaient une à une de la mer. Je comprenais alors la grâce de l'amour et la joie de la beauté. Je m'y sentais appelé par toutes les forces de ma jeunesse qu'un ordre imprévu sommait si inopinément de choisir entre son orgueil et son désir.

Je revins au petit port. La soirée fut triste.

Je revis tourner à leur piquet les moutons noirs; ils me paraissaient tracer autour de moi des cercles magiques comme s'ils envoûtaient ma destinée du signe néfaste de leur vertigineuse captivité. Les barques captives aussi geignaient à l'ancre. Elles n'avaient pu sortir aujourd'hui. Les marins rassemblés oisifs sur le quai dormaient ou jouaient aux dés. L'un d'eux, très vieux, me regarda longtemps aller et venir puis il se détourna avec mépris et cracha par terre.

Il devinait peut-être la bassesse de ma défaillance intime; la crainte de l'exil faisait plier mon orgueil; les désirs de ma jeunesse m'entraînaient loin de l'île affreuse dont je n'avais pas compris le sens ni senti l'amère grandeur. Le lendemain, je regagnai la côte. Les chevaux pommelés piaffèrent à mon carrosse, le cocher à livrée verte fouetta les croupes luisantes, les queues nattées émouchèrent, les panneaux peints reflétèrent la route, arbre par arbre, la grille de ma maison s'ouvrit pour mon retour, les mosaïques de la galerie entrelacèrent sous mes pas leurs figures et leurs arabesques, et, dans le vaste cabinet princier, plein de poupées et d'épées, en face de l'antique poing d'ivoire dont j'avais senti le poids à mon épaule, devant le fantoche ricaneur et radouci arqué sur ses mollets maigres et paonnant dans son habit qu'ocellaient les plaques diamantées, je m'inclinai sur la main que l'Altesse tendit à ma soumission et je baisai la bague sigillaire dont j'avais reconnu l'empreinte à la lettre que les vents furieux m'arrachèrent des doigts pour l'emporter dans la mer qui écumait autour de la nue, rocheuse et solitaire île de Cordic.

VII

LE SIGNE
DE LA CLEF ET DE LA CROIX

VII

LE SIGNE
DE LA CLEF ET DE LA CROIX

A MESURE que je parcourais les rues de la ville, il me revenait à l'esprit une des histoires qu'avait contées jadis M. d'Amercœur. Sans me nommer le lieu où se passa l'aventure, il me le décrivit soigneusement, si bien qu'aujourd'hui il me semblait le reconnaître en même temps que je voyais se dresser devant moi cette vieille cité, noble et monacale, croulante en ses remparts démantelés, le long de son fleuve jaunâtre, en face des montagnes pelées de l'horizon, avec ses rues d'ombre et de soleil, ses antiques hôtels clos, ses églises, ses nombreux couvents aux cloches alternatives.

Je la retrouvais, telle qu'il me l'avait dépeinte, cette ville, vieil amas de pierre, sombre ou lumineuse, engourdie de chaleur et de solitude, en une ossification poudreuse, et gardant, par ses monuments encore debout, le squelette de sa grandeur passée. Elle s'était décharnée peu à peu, perdant ses entours, recroquevillée en son enceinte qu'elle ne remplissait plus. Au centre elle tassait ses maisons en un bloc compact, vaste encore; ailleurs, elle clairsemait ses masures et partout elle sommeillait en torpeur, avec parfois le sursaut d'un bourdon ou le carillon d'une sonnerie.

Les rues, dallées de pierres plates ou durcies de cailloutis, s'entrecoupaient bizarrement pour aboutir à des places carrées. Des marchés se tenaient là. Les troupeaux de la contrée s'y réunissaient pour en repartir dispersés au gré de l'achat. L'enchère et l'office étaient, tour à tour, la seule occupation des habitants. La ville restait rustique et dévote. Le pas vif des moutons piétinait sur le pavage où retentissait la sandale des moines. Pasteurs et ouailles se croisaient. Le relent des toisons se confondait avec l'odeur des bures. Le vent sentait l'encens et le suint. Tontes et tonsures, pâtres et prêtres.

J'étais arrivé à l'angle de deux voies. Une fontaine y coulait dans un bassin usé. Je me rappelai cette fontaine. M. d'Amercœur vantait la fraîcheur de son eau. La rue de droite devait mener à l'enclos des Pères noirs. Je la suivis. Sa tortuosité s'insinuait au cœur même de la ville.

Quelques pauvres boutiques ouvraient leurs éventaires. Des chapelets y pendaient auprès de fouets tressés. La rue s'élargit tout à coup. La haute façade d'un vieil hôtel la bordait. J'en avais déjà vu de pareils çà et là, mais celui-ci se faisait remarquer par la particularité de son aspect. Il s'élevait sur un soubassement de maçonnerie fruste. Les fenêtres, loin du sol, grillées. On avait dû utiliser les fondations d'une demeure primitive sur lesquelles l'édifice actuel, surajouté, dressait son architecture sévère. Au coin de l'hôtel, la rue tournait brusquement et descendait en pente courbe, taillée en marches. La descente contournait l'arrière de l'édifice et on découvrait ses assises qui étaient celles d'un ancien château fort dont la croupe de pierre lisse s'étayait en bas sur le roc vif.

Je reconnus l'hôtel d'Heurteleure.

La rue cessait; des arbres apparurent. Une avenue la continuait bordée de peupliers. De vieux sarcophages de pierre, vides, s'alignaient dans l'herbe haute où les pas avaient marqué un étroit sentier. On longeait à droite un mur dans lequel s'ouvrait une porte basse. Je tressaillis en la voyant. Elle donnait dans le jardin médicinal des Pères dont le couvent s'annonçait au bout de l'allée par un portail. Avant de continuer je m'approchai de la petite porte murale. Elle était massive et cloutée de fer. L'entrée de la serrure se façonnait en forme de cœur.

Arrivé au porche, je sonnai ; le portier m'introduisit dans le monastère. D'immenses corridors menaient à de vastes salles. Nous montâmes des escaliers ; le frère gardien relevait sa robe. Nous ne rencontrions personne. La chapelle où je n'entrai pas bourdonnait d'une psalmodie de psaumes. On me montra plusieurs cloîtres ; l'un d'eux, charmant, carré, plein de fleurs, habité de colombes. Elles se posaient sur les frises, comme un bas-relief naturel et engourdi.

De là on voyait le clocher de l'église. L'horloge y sonnait à même le temps. Un grand tournesol jaune se regardait dans l'eau profonde d'un puits et y mirait sa face d'ostensoir.

Rien n'avait changé depuis le jour où M. d'Amercœur visita la vieille ville. Le même aspect confirmait la durée des mêmes habitudes. Le claquement des fouets se mêlait encore au tintement des chapelets, les cloches des couvents échangeaient leurs sonneries comme au temps où M. d'Amercœur, le bâton à la main, les pieds nus dans les sandales, le froc aux épaules, vint heurter à la porte du monastère. Il demanda le prieur qui se trouvait alors Dom Ricard. On me montra sa tombe mitrée parmi les sépultures anonymes qui l'entourent. Il avait conservé de puissantes liaisons avec le monde d'où il s'était retiré, y gardant une main pour les aumônes et la prêtant, au besoin, en échange, aux délicates entremises qu'on sollicitait de sa prudence et de sa sagesse. M. d'Amercœur lui expliqua son costume, les motifs de sa venue et le détail de sa mission.

Après vingt ans de hauts services dans les armées, un gentilhomme du pays, M. d'Heurteleure revint s'y fixer. Il y épousa, peu après, Mademoiselle de Callistie. C'était une fille pauvre, de bonne lignée et d'une grande beauté. Les époux vécurent à l'hôtel d'Heurteleure. Les nobles de la ville y fréquentaient et le plus assidu s'y montra M. d'Aiglieul. Il s'apparentait à M. d'Heurteleure qui l'avait eu, jeune, sous ses ordres et l'aimait beaucoup. La vie se menait fort simple à l'hôtel d'Heurteleure. Nul train, peu de domestiques, mais l'existence s'y rehaussait de la proportion des salles, de la largeur des escaliers, de tout le faste anachronique de la vieille demeure.

Fut-ce l'ennui de ce séjour dans cette maigre ville déchue après l'agitation d'un métier bruyant, quelque reprise soudaine de l'esprit d'aventure, mais au bout de six années, M. d'Heurteleure et d'Aiglieul disparurent, un beau jour, sans qu'on pût savoir où. Le temps passa; les recherches n'aboutirent pas. On présagea quelque mystère. Madame d'Heurteleure pleura. On tint de singuliers propos dont le bruit de proche en proche parvint jusqu'à la cour où on se souvenait encore de ces messieurs. On parlait un jour de cette double disparition devant M. d'Amercœur qui se fit fort d'éclaircir l'énigme. On lui donna plein pouvoir d'agir et il partit.

Son premier soin fut de revêtir la robe monacale, sûr avec cet habit de pénétrer partout, tant par l'entrebâillement des portes que par les fissures des consciences, et Dom Ricard lui facilita les moyens de son enquête. Ses premières recherches restèrent sans résultat. Favorisées par l'incognito de son costume et l'apparence de son état, elles furent patientes et diverses. Il flaira les entours de l'hôtel d'Heurteleure, en scruta les habitudes et les êtres, en palpa la vie. Il ausculta les rumeurs encore vivaces de l'événement. Tout fut vain. Il voulut voir Madame d'Heurteleure. On lui répondit qu'elle était malade, il ne put vaincre la clôture où elle s'enfermait. Chaque jour, il passait devant l'hôtel. Il suivait la rue qui monte le long du soubassement et s'arrêtait devant la façade. Bien souvent il alla jusqu'à cette fontaine dont il me parlait. L'eau fraîche calmait sa bouche; au retour, et en redescendant les marches il examinait l'énorme bâtisse de pierre et de roc. Il aurait voulu y appliquer l'oreille et y écouter le mystère; il lui semblait que les flancs de la vieille demeure contenaient le fantôme du secret qu'il était venu évoquer du silence et qui retournait à l'oubli. Enfin, découragé, il se sentait sur le point de renoncer. Il aurait pris congé de Dom Ricard sans les instances du vieillard qui le retenait auprès de lui. Le vieux moine se délassait dans la compagnie de cette ouaille si dissemblable du troupeau que sa crosse de bois conduisait dans les sentiers monotones de la règle.

Un jour, vers cinq heures de l'après-midi, M. d'Amercœur, sorti par le vieux porche, marchait parmi les hautes herbes de l'avenue. L'instant était mélancolique et grandiose, les arbres barraient de leurs ombres l'allée funéraire, des lézards couraient sur la pierre tiède des tombeaux antiques. D'une main, M. d'Amercœur retroussait sa longue robe de moine, de l'autre il tenait la clef pour ouvrir la serrure en cœur du jardin médicinal où il aimait à se promener. Il le voulait revoir encore une fois avant de partir, encore entendre la semelle de ses sandales crier sur le gravier des allées, sentir son froc frôler les bordures de buis. La symétrie des parterres lui plaisait; leurs carrés contenaient des plantes délicates et des fleurs curieuses; des petits bassins en nourrissaient d'aquatiques. Elles plongeaient dans l'eau leurs racines et s'épanouissaient en se mirant. Aux intersections des allées, des vases de faïence peints d'emblèmes et de devises pharmaceutiques, avec des serpents aux anses, contenaient des variétés précieuses. Par-dessus le mur on apercevait les cimes des peupliers; dans les potagers d'à côté que séparaient de hauts treillages verts on entendait le peigne d'un rateau, le heurt d'une bêche contre un arrosoir, le petit bruit d'un sécateur coupant des pousses; ici tout était silence; une fleur se courbait flexible au poids d'un insecte; des hirondelles volaient; des libellules rasaient l'eau verdâtre, des plantes grasses et serpentines se nouaient et se renouaient en caducées.

M. d'Amercœur se dirigeait vers la porte du singulier petit enclos quand, du bout de l'avenue, il vit venir à lui une femme vêtue de noir; elle allait lentement, comme à tâtons. Il perçut intérieurement, par une sorte de révélation subite, que cette haute forme sombre ne pouvait être que Madame d'Heurteleure. Il ralentit le pas de façon à la croiser au moment où il s'arrêterait à la porte basse. Arrivé là, il mit la clef à la serrure. Le bruit fit tressaillir la promeneuse solitaire. Elle hésitait. Il se courba comme cherchant à ouvrir. Elle voulut profiter de l'instant et passer outre, mais elle se trouva face à face avec lui, brusquement retourné à demi. Il vit le visage pâle et beau, creusé d'insomnies et de douleur, les yeux en émoi, la bouche entr'ouverte, la main à la poitrine haletante. Alors il entra vite, laissant sur la porte refermée, au cœur de fer de la serrure, la clef.

Le lendemain, il songeait dans le petit cloître, quand on l'avertit qu'une femme voilée demandait à lui parler. Elle vint. Il reconnut

Madame d'Heurteleure, la fit asseoir sur un banc de pierre. Les colombes roucoulaient doucement sur les chapiteaux du cloître désert; leur roucoulement se mêlait à la suffocation qui soulevait le sein de la pénitente, il couvrit son agenouillement d'un large signe de croix et, la tête basse, les mains dans ses manches, il écouta la dolente confession.

C'était une horrible et tragique histoire. Pourquoi la lui raconter? mais son secret lui avait semblé mis à nu. Ce moine ouvrant d'une clef cette serrure en cœur lui parut forcer l'accès de sa conscience. Elle voyait dans cette rencontre un propos du sort et dans ce geste une allusion mystérieuse et aussi l'emblème prédestiné à la délivrance de son âme prisonnière dans l'horreur de son silence.

Son mariage avec M. d'Heurteleure fut sans amour. Elle estima, en le craignant, son noble caractère dont la dureté intimida sa confiance et découragea sa tendresse; des années passèrent; un hiver, M. d'Aiglieul apparut dans sa vie et fréquenta son intimité. Il était beau, encore jeune. Elle se donna à lui : ce furent des jours de joie et de terreur vécus dans les transes d'une surprise et dans l'angoisse du remords. M. d'Heurteleure ne s'aperçut de rien, il était, comme à l'ordinaire, souvent absent; seulement il vieillit et une large ride s'ajouta à celles qui creusaient déjà sont front.

Un soir, Madame d'Heurteleure s'était retirée dans sa chambre vers minuit. Elle se sentait triste. M. d'Aiglieul n'avait point paru de la journée, et il ne manquait guère de venir presque chaque jour. M. d'Heurteleure était parti à cheval dès le matin bien qu'il plût. Au moment où elle peignait ses cheveux devant une glace elle y vit que la porte s'ouvrait, son mari entra. Il était botté, mais ses bottes ne conservaient aucune trace de boue; son habit semblait poussiéreux, une longue toile d'araignée pendait à son coude et il tenait à la main une clef. Sans rien dire, il alla droit au mur de la chambre où un clou fixait un christ d'ivoire, le saisit et le brisa sur le pavé et à la place il suspendit la lourde clef rouillée. Sa figure était violente et pâle. Madame d'Heurteleure resta un instant sans comprendre, immobile, puis, tout à coup, portant ses mains à son cœur, elle poussa un cri et tomba à la renverse.

Quand elle reprit ses sens, l'affreuse aventure lui apparut. Son mari avait dû attirer M. d'Aiglieul dans quelque guet-apens. La vieille demeure à base de forteresse contenait dans ses flancs des réduits invisibles, et des cachettes éternelles. Un cri, le sien, vibrait encore à ses oreilles, mais il lui semblait venir d'en bas, sourdre de la pierre entassée, perçant les voûtes superposées, arrivant jusqu'à elle de ces lèvres dont la séparait à jamais l'épaisseur des murailles. Elle voulut sortir, la porte résista; des cadenas fermaient la fenêtre; les domestiques habitaient loin.

Le lendemain, M. d'Heurteleure vint lui apporter sa nourriture. Chaque jour, il revenait. La toile d'araignée pendait toujours à la manche de son habit poussiéreux, sa botte craquait sur le pavé, la grosse ride de son front se creusait dans une pâleur de torture et d'insomnie. Chaque fois il ressortait silencieusement, et, aux larmes et aux supplications, il ne répondait que par un geste bref montrant la clef pendue au mur.

Ce furent des jours tragiques où la malheureuse vécut les yeux fixés sur l'horrible ex-voto, qui grandissait, devenant énorme. La rouille lui en paraissait rouge de sang. Elle la sentait s'égoutter dans la solitude de son désespoir. La maison semblait morte. Vers le soir, on entendait un pas, M. d'Heurteleure entrait une fois encore, portant une lampe et une corbeille. Ses cheveux avaient blanchi; il ne regardait même pas l'infortunée qui se traînait à ses pieds, mais il ne cessait de considérer avidement la redoutable clef.

Alors Madame d'Heurteleure comprit la convoitise dont souffrait son mari, l'âcre désir qui le rongeait, celui de voir mort son rival, de constater sa vengeance, de palper la pourriture que devenait une chair aimée, de reprendre enfin cette clef qu'il avait clouée au mur, en substituant au signe de pardon dont il avait brisé l'image d'ivoire le signe de rancune éternelle dont il avait appendu là l'inflexible emblème de bronze. Mais hélas, la vengeance n'assouvit pas; elle reste toujours un désir; elle en a les violences et les tourments et elle se ressasse en ses retours jusqu'au bout de la vie et jusqu'au fond de la mémoire. M. d'Heurteleure s'était senti deviné en sa torture solitaire et il en souffrait davantage. Le marbre noir de son orgueil se sillonnait de veines de sang.

Une nuit que Madame d'Heurteleure sommeillait, couchée sur son lit, elle entendit sa porte s'ouvrir doucement et elle vit son mari apparaître au seuil. Il tenait à la main une lampe baissée et marchait léger comme une ombre sans que le pavé grinçât, comme si le sombre somnambulisme de son idée fixe faisait de lui un fantôme impondérable ; il traversa la chambre, se haussa, prit la clef et ressortit. Il y eut un grand silence. Une mouche réveillée par la lumière bourdonna un instant et se tut. La serrure ne se referma pas. Un sursaut indicible mit debout Madame d'Heurteleure. Pieds nus, elle se glissa dans le couloir, son mari descendait l'escalier, elle le suivit. Au rez-de-chaussée il continua à descendre, les marches s'enfonçaient dans l'ombre. Elle entendait au fond des corridors souterrains le pas qui la précédait. On était dans les antiques substructions du vieil hôtel. Les murs suintaient, on passait sous des voûtes arquées. Un dernier escalier creusa sa vrille dans le roc. Au fond vacillait encore sur la paroi luisante la lueur de la petite lampe disparue. Penchée, Madame d'Heurteleure écouta. Un grincement monta jusqu'à elle et la lumière s'éteignit. Au bas s'ouvrait une chambre circulaire. Un pan de mur entr'ouvert découvrait un étroit boyau. Elle avança encore. Au bout, en tâtant, elle reconnut une porte imperceptiblement entrebâillée. Elle ouvrit. M. d'Heurteleure était assis à terre auprès de sa petite lampe dans une sorte de trou carré, voûté et dallé, il regardait et restait immobile, les yeux

grand ouverts. Il la regardait et ne la voyait pas. Une odeur nauséabonde sortait du caveau ; sur la pierre, hors de l'ombre, s'étalait, verdie déjà, une main décharnée. Madame d'Heurteleure ne cria point.

Allait-elle donc réveiller le misérable somnambule que son furieux sommeil avait conduit jusqu'au tragique caveau ? Allait-elle infliger à son orgueil le supplice de cette surprise ? Non. La vengeance de l'outrage était juste. Pourquoi la lui montrer avilie. Elle se sentit pitié pour les yeux égarés qui la regardaient sans la voir, pour le visage de torture, pour les cheveux blanchis de tant de souffrance silencieuse et elle comprit que pour sauvegarder cette douleur il fallait lui garder le secret de sa déchéance nocturne et le laisser assouvir en paix son terrible désir dans le silence éternel de la tombe, sans qu'il sût jamais quelle main invisible l'y avait muré en face de son sacrilège.

M. d'Heurteleure la regardait toujours. Très calme elle s'agenouilla, baisa la paume verdâtre qui étalait sur la pierre ses doigts décharnés et, du dehors, elle referma la porte et se retira à tâtons, fit jouer le ressort du mur qui assurait l'entrée du passage. Elle remonta la spirale de l'escalier, les marches souterraines, les degrés de l'étage et, au clou rouillé de sa chambre, elle suspendit la clef tragique qui s'y balança un instant puis resta immobile y marquer une heure éternelle.

Les colombes passaient et repassaient en volant sous les arceaux du petit cloître. L'heure sonna en même temps aux clochers de la ville. La pauvre femme sanglotait et elle tendit à M. d'Amercœur la grosse clef qu'elle laissa tomber à ses pieds. Il la ramassa, elle était lourde; sa rouille paraissait rougeâtre. Madame d'Heurteleure agenouillée le supplia du geste, éperdue, les mains convulsives, en le voyant s'éloigner d'elle. Il descendit vers le petit jardin en contrebas qui embaumait le centre du cloître. Des fleurs y poussaient entre les buis égaux des parterres. Des grandes roses enguirlandaient le puits à margelle de pierre. Elles griffèrent de leurs épines la robe du moine qui s'y pencha; l'eau rejaillit. Un haut tournesol d'or inclinait son ostensoir de miel. Une colombe roucoula faiblement, et M. d'Amercœur, revenu auprès de la pénitente toujours prosternée, murmura à son oreille les paroles d'une absolution qui, si elle ne déliait rien dans le ciel, donnait au moins sur la terre, à une âme douloureuse, la paix.

VIII

LA MAISON MAGNIFIQUE

VIII

LA MAISON MAGNIFIQUE

La maison que je construisis pour Madame de Sérences était grande et magnifique. Les plus nobles carrières en fournirent la pierre et le marbre; le bois en vint des plus belles futaies. L'architecte, un vieillard chauve et sbarbat, agissait selon d'anciens préceptes. A la science de la bâtisse il joignait l'entente des jardins. Il excellait à y disposer les eaux tant plates que jaillissantes. Il savait planter les bosquets, enchevêtrer les labyrinthes et faire tourner au faîte des toits les girouettes les plus ingénieuses.

Après avoir choisi l'orientation et composé les perspectives, son art s'étendait au détail intérieur. Derrière l'aspect des façades il agençait le secret des appartements : lustres pendant aux plafonds comme les stalactites des grottes rustiques, tapis doux comme des gazons, tentures fleuries comme des parterres, miroirs purs comme des bassins.

Tout le jour, on le voyait s'empresser, franchissant les tranchées, escaladant les échafaudages, sous la pluie ou le soleil, à la suite des jardiniers ou des maçons. Le heurt des bêches se mêlait au bruit des marteaux; la poutre équarrie croisait la pierre taillée. De grands arbres, avec leurs branches, venaient, en oscillant, racines tendues, s'implanter et revivre dans la terre nouvelle qui les recevait; des statues passaient traînées par des attelages de bœufs et, chaque soir, au couchant, l'ombre de la maison grandissait de l'ouvrage de la journée.

Le vieillard sbarbat ordonnait tout, la pose des pierres et l'ajustement des boiseries, le sablage des allées et l'étiage des bassins, quinconces et guillochis, infatigable, le compas à la main, les plans déployés, heureux de créer encore une fois une œuvre de cette architecture qu'il aimait passionnément et dont la mode d'alors s'éloignait pour préférer à ces savantes symétries les improvisations d'un goût disparate. Sa manie, d'accord avec mon désir, s'évertuait à hâter les travaux qui devaient prendre fin à une date convenue.

A ce jour, fixé d'avance, il fallait que tout fût prêt, que les fleurs embaumassent les parterres entre les buis des allées et les pyramides des houx, l'obélisque des ifs debout aux ronds-points, le sourire des statues à leurs visages de marbre, leurs pieds nus foulant les socles enguirlandés, les eaux impatientes de lancer leurs fusées, d'épanouir leurs gerbes, de déborder leurs vasques, d'emplir tout le jardin de leur murmure délicieux. Il fallait que toutes les clés fussent à toutes les portes, les appliques aux murs, chaque chose à sa place dans sa perfection et sa minutie, avec les vins et les fruits servis sur la table et partout les miroirs que j'avais voulus nombreux et beaux pour refléter au passage le sourire divin, la chevelure nocturne et le port gracieux de l'incomparable Madame de Sérences dont la mystérieuse beauté allait se voir en eux, une fois, et pour jamais!

Jamais plus belle journée ne brilla. Dès l'aube les râteaux parfirent les allées; les arrosoirs emperlèrent les fleurs rafraîchies. L'air était doux, pur et léger. Une après-midi de fin d'été s'augurait radieuse de ce clair matin. Le soleil tiède caressa les statues et attendrit leur marbre; les bassins miroitèrent; pas une feuille ne devait tomber, pas une rose se défleurir; on n'avait laissé que les plus fortes et leur maturité vigoureuse garantissait leur durée.

A midi, je m'avançai à la grille pour recevoir Madame de Sérences. Elle descendit de sa voiture et je lui baisai la main. Je la remerciai de sa venue et lui rappelai sa promesse. Elle souriait doucement. Il y eut un moment de silence et elle me tendit les trois roses qu'elle portait selon sa coutume. Je les pris, et, l'ayant saluée, je m'éloignai d'elle et de la maison magnifique. Trois fois je me retournai en baisant chacune des trois fleurs et, à chaque fois, je la vis qui me regardait.

Madame de Sérences a marché seule dans l'avenue. Les grands arbres l'accompagnèrent, un à un, silencieusement. Au bout s'ouvrait la perspective des jardins. Ils étaient vraiment admirables. Les masses de verdure disposaient une ombre fraîche. Trois joueurs de flûte se répondaient au fond du labyrinthe, cachés dans la conque compliquée du dédale; les eaux jaillissantes embellissaient le silence de cette solitude, mais seules les statues ont souri à la belle visiteuse.

La maison montrait sous son fronton des colonnes de porphyre.

Madame de Sérences est entrée dans le frais vestibule; les chambres s'offrirent, tour à tour, à sa promenade silencieuse. Il s'en trouvait de simples, d'autres somptueuses, petites ou grandes, faites pour l'amour, le sommeil ou la rêverie, pour y méditer une joie ou y accouder une tristesse.

Madame de Sérences a passé la journée dans la maison magnifique. Derrière, un perron descend à un jardinet. Rien qu'une allée autour d'un gazon vert où dort un carré d'eau. Deux petits sphinx de terre cuite s'y mirent. Aux angles de grands cornets de cristal font, des hampes de roses trémières qui y fleurissent, de singulières fleurs d'eau issues d'un calice transparent. Le soir vient là délicieusement; le soir y sera venu.

Dans la haute salle à manger la table présentait un souper servi de menues viandes, de confitures et de fruits. C'est de là, et laissant encore dans une pêche la trace de ses dents souriantes, que Madame de Sérences sera remontée pour dormir. Tous les miroirs la virent certes et l'un d'eux la refléta nue et garde à jamais, en son cristal, l'image invisible de celle qui, contre moi, avait joué et perdu son ombre.

★

En ce temps-là, j'étais joueur et joueur heureux. D'après un vieux précepte de superstition je ne manquais point d'enfermer mon or dans une bourse faite de peau de chauve-souris. Je croyais moins à la vertu de cette bizarrerie que je n'en goûtais la singularité. Je me plaisais à maints traits baroques en vue d'ajouter à mon caractère ce qui pouvait le rendre curieux tant aux autres qu'à moi-même.

Chaque soir donc je me trouvais à la maison de jeu ou à quelque endroit où l'on jouât. Le jeu privé et le jeu public se partageaient une vogue égale; les tripots regorgeaient car la passion des dés et des cartes, répandue jusqu'à la frénésie, attirait aux tables vertes la compagnie la plus brillante. Les doigts velus des hommes se crispaient sur les tapis ou s'allongeaient les mains diamantées des femmes. L'attente y haletait sur des lèvres charmantes ou y bavait sur des bouches hideuses; la perte s'attristait en moues gracieuses ou en lipes renfrognées. L'or crépitait, et l'on entendait, dans le silence intermittent, la culbute des cornets et le vol furtif et augural des cartes.

L'or des gains s'infiltrait dans les vies environnantes où la perte creusait ses fissures. Il se créait des vénalités subites ou sournoises, les unes inattendues, les autres épiées. Trouées ou lazardées, les consciences croulaient ou s'émiettaient. L'or circulait de mains en mains pour l'assouvissement des désirs. Il y avait marché, encan et marchandage. Chacun cherchait à vendre quelque chose ou à acheter quelqu'un. Certains gagnaient sur l'entremise, beaucoup spéculaient sur le besoin, tous trichaient sur la qualité. Toute passion pouvait se satifaire pourvu que la chance la favorisât.

Jeunes hommes fardés et languissants, femmes viriles et cavalières négociaient leurs caresses interverties. Les sautes de la richesse, sa caducité et son improviste donnaient à tout souhait la brusquerie de sa hâte. Les plus heureux se fatiguaient de leur bonheur par la monotonie de sa durée. Les fantaisies s'exaspérèrent ; on en vit de monstrueuses. On cherchait par une sorte d'émulation stupide à se surpasser les uns les autres en excès où le plaisir de les faire entrait pour moins que la vanité de les avoir faits. Ce fut un temps de grands désordres et de singulières débauches ; j'en pris ma part, et les exemples que je donnai restèrent fameux.

Si nous ne voyions pas poindre l'aube aux bougies consumées des parties, l'aurore nous surprenait dans le vin ou l'amour. Nous constations alors la duperie de notre double ivresse. Elle sommeillait autour de nous, chairs lasses et cheveux dénoués, cadavres des fantômes qui nous avaient leurrés. Nous nous en éloignions avec ennui.

Chaque soir, quelle qu'eût été l'aventure de la journée ou les travaux de la nuit, me ramenait malgré moi aux tables vertes. Parmi les nombreux passants qui s'y succédèrent, je remarquai, dès mon arrivée et durant tout mon séjour, une joueuse d'une grande beauté. Elle s'y montrait à la fois assidue et négligente, toujours assise à la même place, respirant les fleurs d'un bouquet qu'elle ne quittait jamais. Parmi tant de joueurs aux alternatives diverses notre chance restait imperturbable et cette continuité de fortune nous signala l'un à l'autre. On faisait cercle autour de nous, et M. d'Amercœur n'était pas moins envié que Madame de Sérences.

Une fois que je me trouvais auprès d'elle et que nous parlions de notre double bonheur dont la permanence nous étonnait, nous convînmes de confronter, adverses, nos chances, et de voir celle qui céderait. L'épreuve résolue, on fixa le temps, le lieu et le tête-à-tête.

Ce fut par une belle nuit d'août que je m'assis en face de Madame de Sérences. Le peuple des joueurs bourdonnait de ce duel. On pariait déjà sur l'issue avant la rencontre commencée. De grandes sommes s'engagèrent. Chacun de nos gestes solitaires comportait son contrecoup et sa conséquence. De multiples intérêts dépendaient de la science de nos combinaisons et du hasard de nos atouts.

Le salon de Madame de Sérences où je me voyais seul avec elle s'ouvrait par trois fenêtres sur un beau jardin dont les parfums venaient jusqu'à nous. Les bougies brûlaient chacune son as de lumière. Madame de Sérences déposa sur la table son bouquet de roses, la plus belle pendait au bout de sa tige brisée et ses pétales tombèrent, un à un, durant cette nuit pathétique. Les fines mains de la partenaire battirent les cartes flexibles. La partie commença. L'enjeu, formidable, m'échut, redoublé il m'échut encore, puis de nouveau, puis encore, encore et toujours. Les sommes d'or s'empilèrent, des jetons en représentèrent d'autres! Madame de Sérences souriait doucement. Nous jouâmes des joyaux; sa voix claire les nommait, un à un; les diamants lançaient leurs feux; des rubis étincelèrent; des perles coulèrent goutte à goutte. Elle perdit; nous jouâmes des domaines. Leur nom sonore ou charmant les évoquait à mesure : châteaux parmi les forêts au fond d'avenues de chênes ou à travers le rideau des pins, maisons au bord du fleuve, blés roux, brunes terres, prés verdoyants, fermes où mugissent les taureaux, métairies ou roucoulent les colombes, sables et rochers, meules et rûches. Madame de Sérences souriait toujours.

Un silence intervint entre nous. Elle s'était levée debout en sa robe de moire verte, une main posée sur la table. Le parfum des fleurs entrait par les fenêtres ouvertes; une pile d'or s'écroula sur le tapis; une bougie rasa de sa flamme sa bobèche qui éclata. Nous nous regardâmes longuement. Madame de Sérences rougit comme si elle se sentait l'enjeu final. D'un geste qui la fit tressaillir, je lui montrai la table où j'éparpillai les cartes que je tenais entre mes doigts. Les figures peintes me parurent grimacer un sourire. Les rois barbus ricanaient aux valets glabres. La hallebarde des uns se croisait au glaive des autres. Les reines respiraient leur tulipe bigarrée. Je sentis que j'allais parler sans savoir ce que j'allais dire, et une voix que je reconnus la mienne murmura lentement, tandis que je conviais du geste la belle joueuse à reprendre, pour la conclure, la partie interrompue : « Tout, Madame, disais-je, tout, contre votre ombre ! »

C'est ainsi que j'ai joué et gagné l'ombre de Madame de Sérences. J'ai construit, pour en garder l'image à jamais, la maison magnifique : un des miroirs conserve en son cristal le reflet invisible sur lequel les portes se sont closes pour toujours. Elles ne se rouvriront pas pour moi et le merveilleux secret retournera avec la ruine du lieu qui le contient à l'éternelle poussière où vont les êtres, les choses et leurs ombres.

TABLE

IL A ÉTÉ TIRÉ DE CET OUVRAGE :

12 exemplaires sur vieux japon numérotés de 1 à 12.

12 exemplaires sur chine numérotés de 13 à 24,

auxquels on a joint une suite des bois et un original de Daragnès.

50 exemplaires sur japon impérial numérotés de 25 à 74 avec une suite des bois.

500 exemplaires sur velin d'Arches numérotés de 75 à 574.

Il a, en outre, été tiré 16 exemplaires hors commerce de A à P.

ACHEVÉ D'IMPRIMER SUR
LES PRESSES DE L'IMPRIMERIE
STUDIUM, LE 29 MARS 1918,
POUR GEORGES CRÈS A PARIS

www.ingramcontent.com/pod-product-compliance
Lightning Source LLC
LaVergne TN
LVHW012013220826
846092LV00001B/331

* 9 7 8 2 3 2 9 7 7 6 5 6 9 *